わたしのおうち

チャレンジドと支援スタッフの物語

伊藤暢彦

新日本出版社

はじめに

「さっちゃんが五歳まで生きられたら、お母さんの勲章ものですよ」

検査入院をしていた都立墨東病院（墨田区）の小児脳外科医からそう言われたのは、祥《さち》が三歳九か月だった昭和五十六（一九八一）年六月二十五日のことでした。

妻の千恵子はそのときの心境と様子を日記に次のように書いています。

「手術でよくなる可能性を求めて母子入院する。祥のあまりの小ささに看護婦さんたちは一様に驚いた顔をしている」（六月十五日）

ちなみに当時の祥の体重は六・四七キログラムでした。ある調査によると、三歳六か月から十二か月までの女児の平均体重は十四・〇六三キログラムとありますから、看護師さんたちが驚くのも無理はありませんでした。祥の体重は平均の半分以下だったのです。

「二日目。尿検査、血液検査、ＣＴスキャン、心電図など検査漬け」（六月十六日）

「頭のレントゲンを撮る。『今のところ手術をして良くなるという検査結果はなにもありません』と言われる。がっかり。でも、まだ結論が出たわけではない」（六月十九日）

「結果的になんの収穫もないままの退院になった。でも、なにもしないで後悔するよりも良

かったと思う」（六月二十五日）

冒頭の言葉は、退院をするときの外科医（女医さんでした）からのものです。

あわせて彼女はこうも言いました。

「お母さんとしては祥さんの病名が知りたいでしょう？　でも、いろんな検査をしてみたんですが、祥さんの症状に該当する病気のデータは世界中のどこにも見つからなかったんです。ですから強いて付けるとすれば、〝さっちゃん病〟かしら」

その日の日記に、妻はこう書いています。

「こんなに元気な祥が五歳までしか生きられないなんて信じられない」


ぼくらの三番目の女の子、祥は昭和五十二（一九七七）年九月三十日に体重三千二百二十グラム、身長四十九センチのごくごく平均的な体重と身長で生まれました。

普通分娩でしたが、逆子でした。

異常の兆しは生後十三日目の嘔吐発作でした。飲んだミルクを、その直後に、その都度、その全てを、まるで噴水のように吐いてしまうのです。

「これはただ事ではない！」と、ぼくは思いました。

「一か月検診には必ず来てくださいね」退院の日、看護師さんから念を押すようにそう言われたときにふと感じた不吉な予感を妻は思い出していました。

上の二人を産んだときにはそんなことを言われたことは一度もなかったからです。

あわてて駆けつけたT国立病院（祥の生まれた病院です）の診断は、

「水頭症《すいとうしょう》かもしれない」でした。

「水頭症って、どんな病気ですか？」

「頭に水が溜《た》まる病気です」

医師はそのことを中空のゴム管にたとえて説明しました。

「人体には頭から首を通って体内に分泌液を流し落とす管があります。その管がなんらかの原因で詰まって、液が流れ落ちなくなっているのではないか」と。

「なんらかの原因って、たとえばどんな原因ですか」

「ゴム管を強くひっぱるとピタッとくっついてしまうことがあるでしょう？　そうした力が加わったのかもしれません。詳しく調べてみないとはっきりとしたことは分かりませんが」

「お産のとき、医師が立ち合うのが遅くなったと聞いています。祥は逆子でしたから強引に引っ張ったとか、そんなアクシデントがあったという可能性はありませんか？」

「それはなんとも言えません」

ぼくらは出産時のトラブルを強く疑いました。胎内ですでに異常を起こしていた赤ちゃんが、三千二百二十グラムまで成長して生まれることがあるのだろうか?

「この子は、祥は、どうなるのですか?」

「頭の中に溜まった液が脳を圧迫して、いろんな障がいが出るかもしれません」

「障がいって、障がい児になるってことですか?」

「いずれそうなるでしょう」

この日から、ぼくは障がい児(チャレンジド)の父親になりました。昭和五十二(一九七七)年十月十四日のことでした。

「訴えなさい。泣き寝入りしちゃだめよ」

そう言ってくれる人もありましたが、ショックでそんなことまで頭が回らなかったというのが正直なところでした。

ちょうどその頃、ぼくは勤めていた広告代理店を辞めてフリーランスのコピーライターとして独立したばかりでしたから、仕事に追われて忙しかったという事情もありました。

医療裁判という、いつ終わるか分からない法廷闘争を争う気力も、時間も、裁判に勝てる確証もありませんでした。ぼくや妻に代わって戦い続けてくれる誰かがいたら、話は別だったのかもしれませんが。

水頭症かもしれないという診断は墨東病院の検査結果で否定されて、今では〝さっちゃん病〟で落ち着いています。

異常を感じて駆けつけたT国立病院で「三か月は保たないでしょう」と宣告され、三歳九か月のときに、「五歳まで生きられたら、お母さんの勲章ものですよ」と言われた祥は、今、四十三歳になって町田市（東京都）の知的障がい者支援施設、町田福祉園（社会福祉法人みずき福祉会）で元気に暮らしています。

祥が養護学校の高等部を卒業した直後に上梓した拙著『ただいま奇跡のまっさいちゅう――ある障害児と家族の18年6か月』（小学館）の前書きで、ぼくはこんなことを書いています。

「祥が家族の一員になったことが、ぼくらの家族にとって悲劇の始まりだったのか、喜劇の始まりだったのか？　そのことをぼく自身確かめたくて家族の物語を書いた」と。

それから二十年以上の月日が経ちました。あのときの自分自身への問いかけに敢えて答えるとすれば、それは悲劇でも喜劇でもなかったということです。

生まれた直後こそ、「なんでわが家に？」と嘆いたぼくらでしたが、祥と一緒に生きることを通して、さまざまな人や事に出会い、いろいろなことを考え、悩み、喜び、悲しんで、ぼくらの人生の密度がほんの少しでも増したのであればありがたいことと受け止められるようになりました。

そして、それにも増してありがたいのは、祥が今、生きる喜びに満ちてこの世に在り続けているということです。

この本でぼくは、町田福祉園に施設入所するまでの家族の葛藤と、入所してからの八年間にわたる施設での生活を、そして今祥がなにを喜びとして生活しているのかを書きました。

町田福祉園の実名掲載を許可してくださった社会福祉法人みずき福祉会理事長であり、町田福祉園統括施設長でもある阿部美樹雄様、快くお話を聞かせてくださった支援スタッフの皆様のご協力に感謝します。

なお、スタッフおよび入所者の皆様のお名前はすべて仮名です。参考資料として支援スタッフの皆様が記録し続けてくださった『祥さんの生活記録』を使わせていただきました。ありがとうございました。

文末になりましたが、この本の出版にあたってさまざまなお教えをいただいた新日本出版社書籍編集部の丹治京子様に、彼女もまた老いた母親を施設に〝委ねる人〟なのですが、感謝と励ましを申し上げます。ありがとうございました。

令和二年十月吉日

著者

目次

Ⅰ　自立への五十キロメートル

祥との記念写真

ガチャーン！
ジャンジャンジャン！
アッハハハハッ！
ピカッ！
パチャッ！

ガチャーン！
ジャンジャンジャン！
アッハハハハッ！
ピカッ！
パチャッ！

いきなりの大騒ぎで申し訳ありません。

ガチャーンは、ブリキの電車が落っこちて床を打つ音です。

ジャンジャンジャンは、おもちゃのお猿さんが鳴らすシンバルの音です。

アッハハハハッは、笑い声です。

ピカッは、ストロボの発光音です。

パチャッは、カメラのシャッター音です。


ここは自宅近くの商店街の外れにある写真館のスタジオの中です。

ホリゾントの前で大口を開けて笑っているのは、ぼくの三女にしてこの本の主人公でもある三十五歳《さい》の祥《さち》を中心に、二人の姉、未来《みく》と亜美《あみ》、そして妻の千恵子《ちえこ》とぼくの五人です。

昨日、ぼくは長女の未来と電話でこんなやりとりをしました。

「五人だけなの？　息吹《いぶき》たちはどうする？」

「孫たちもと思ったんだけど急な話だからさ、全員集合はちょっと無理かなと」

「うーん!?　息吹は部活だって言ってたし……」

「響《ひびき》も薫《かおる》も、何かスケジュールがあるんじゃない？」

「確かに（笑い）。今時の子どもは忙しいからね」

「だったら五人でいいかなって」

「いいんじゃない。じゃ、明日写真館でね」

ということで、この日ぼくら夫婦と三人の娘たちがカメラの前に勢揃いしたというわけです。

祥の町田福祉園入所が五月十六日（平成二十四年）と正式に決まって、なにか記念になることをしたいねと話し合っているうちに、ぼくが、

「写真館で記念写真を撮ってもらうのって、どう？」と口にしたら、

「それはいい」

「そうしよう」ということになった次第です。

それにしても、どうして写真館でブリキの電車が落っこちたり、お猿さんがシンバルを打ち鳴らさなければならないのか？

ぼくらは最初にして、恐らくは最後になるはずの祥との記念写真は、是非とも笑顔いっぱいにしたいと思いました。でも、きっとそうはならないだろうとも思っていました。

ただでさえ環境の変化に弱い祥です。その祥が生まれて初めてのスタジオに立って、明るい照明を身体いっぱいに浴びて、緊張しないはずはありません。ぼくらだって緊張するのです。祥に笑えという方が無理な話です。

そんなぼくらの様子にも、写真館の皆さんは一向に動じるふうもありませんでした。

「お任せください、私たちは緊張感をほぐすプロフェッショナルです」

そう言わんばかりの勢いで、たちまち祥の小さな身体をいろいろな玩具やぬいぐるみで取り囲んでしまいました。

なにを隠そう、祥はふわふわふわとした手触りのするぬいぐるみが大嫌いなのです。気味悪がるのです。その大の苦手のぬいぐるみが、「これでもか、これでもか」というくらいに身体の近くに並べられたのですから、祥は、「ヒエッ！」と叫んで引きつっています。

ぼくらはあわててその辺りの事情を写真館の皆さんに説明して、取り揃えてくれた玩具から木やブリキで出来た固い素材の玩具を床に落っことしたらどうかと提案しました。祥は視力が弱い分、音に敏感なのです。

ということで、スタジオ中にガシャーン、ジャンジャンという音が盛大に鳴り響き、笑い声で（祥のは引きつった笑いですが）いっぱいになったというわけです。

アシスタントのお姉さんたちも一生懸命玩具を落とし続けてくれました。おかげさまで、全員が大口を開けて笑っている、おかしなおかしな、でも素敵な記念写真が出来上がりました。

事の始まりは、その年の一月某日、新宿区（東京都）の拙宅に区役所福祉課からかかってきた一本の電話でした。電話は町田福祉園に欠員が出たこと、入所の希望があればなるべく早く返事がほしい旨を言い置いて切れました。

施設入所を希望する届けはすでに区役所に提出してありましたので、いつか、突然に、この種の連絡が入ってくることは十分に予測できていましたし、心の準備も整っていました。

グループホームではなく施設入所をと決めたのは祥が養護学校の高等部を卒業して間もなくのことでしたから、世間様に比べれば、むしろ早かったかもしれません。

「親が元気なうちに入所させた方がいいですよ」

「どちらかがいなくなってから、とにかくどこでもいいからと慌てて探すと碌《ろく》なことはありませんよ」と予《かね》てから言われていましたし、もうひとつは、ぼくらの心身にわたる限界が迫ってきていたからです。

育児はやっぱり、体力のある若いうちにやり終えるべきものなんですね。特になにかと要求の多い祥の面倒を見るのは、当時すでに五十路を過ぎていたぼくらには重労働でした。

そして決定的だったのは、祥にとっても年老いた親と過ごすのは決して楽しいことではないんじゃないかと、そう感じさせられる出来事が頻繁に起きていたからです。

エピソードをひとつご紹介します。

高等部を卒業した後の祥は、毎朝八時過ぎに迎えに来る送迎バスに乗って新宿区の通所施設

『あゆみの家』に出かけ、そこで午後三時頃まで活動をして、その後の時間を民間のデイケア施設『ゆきわりそう』にバトンタッチしてもらって、夕食を済ませて午後七時過ぎに帰宅するという日々を送っていました。ほぼ毎日です。

祥の帰宅の気配は、にわかに賑やかになる玄関先の様子で知ることが出来ました。送ってきてくれた『ゆきわりそう』の若い職員さんに「高い高い」をしてもらって、その「高い高い」は小柄な祥の身体がほとんど宙に放り上げられるほどに迫力満点なのですが、まるでディズニーランドのスペースマウンテンに乗っかっているみたいなものです。

それを二度も三度も要求して大はしゃぎをして、大笑いする祥の声が家の中にいるぼくらにまで聞こえてくるのです。祥にとっては、「満足、満足！」な一日の締めくくりです。

が、その祥のにこにこ顔が玄関を跨《また》いだ途端に仏頂面に変わるのです。

「これが今まで嬌声を発していた同じ祥なの？」

そう言いたくなるほどの変わりようでした。

〈パパやママと一緒にいたって、ぜ〜んぜんおもしろくない〉

祥の顔は、しっかりとそう語っているのです。

といったさまざまなことが重なって、在宅のままで過ごすのは本人にとってもぼくらにとってもシンドイってことで、「できるだけ早く入所させたいね」そう家族の衆議が一決していたという次第です。

では、入所先をどこにするのか？　グループホームか施設入所か？

決め手は次の三点でした。

一　祥の性格

二　障がいの程度

三　医療体制の充実

まず、祥の性格です。

祥は人と関わることがなによりも好きです。そして皆から愛される明るい性格をしています。

「祥さんはアイドルですから……」とお世辞を言われることも度々です。

中学生のときだったか、あるいは高校生のときだったのか、同級生の男の子から、

「タレントぶるなよ！」となじられたことがありました。

祥がちやほやされているのを見て、テレビなんかで見る華やかなタレントみたいだと、彼は思ったのでしょう。実際は手数がかかるので自ずから先生たちの関わりが多くなるということだけだったのですが。ですから、少人数のグループホームよりも、一緒に暮らす仲間たちが大勢いて、多少わさわさした環境の方が祥向きではないか。却って刺激的で、その方が祥には楽しいのではないか。まず、そう考えました。

次に、障がいの程度です。

祥は知的障がい者に交付される『愛の手帳』の二度、『身体障害者手帳』の一級です。ふたつの手帳を持っているのは障がいが重複しているからで、多くの知的障がい者がそのようです。

二つの手帳は共に東京都の発行です。前者には一度から四度、後者には一級から七級までの判定区分があって、祥は共に重度の判定です。

言葉は「パパ」「ママ」以外には話せません。コミュニケーションは、もっぱらオリジナルの手話、つまり手ぶり身ぶりだけですが、こちらが言っていることはだいたい理解出来ていますから、

「はい（YES）」

「いいえ（NO）」

で答えられる会話をすれば、かなりの意思疎通が可能です。

たとえば、「ラーメンとうどん、どっちが食べたい？」と聞いても答えられませんが、

「ラーメンがいい？」と尋ねれば、

「うん！（YES）」

あるいは、

「んっ！（NO）」と答えることが出来ます。

歩行能力については、二、三十歩の短い距離であれば一人で歩きますが、ちょっと長くなると座り込んでしまって、片手補助を求めます。

座った姿勢から両手をついて立ち上がって、なににもつかまらず、誰にも手を引かれずに歩けるようになったのは小学校五年生、十一歳の誕生日を六日後に控えた昭和六十三（一九八八）年九月二十四日のことでした。ぼくらはその日を『祥の独歩記念日』として赤飯を炊いて祝いました。

その歩行能力も高校生だった頃をピークに徐々に衰えていって、今では「歩きましょう！」と強く促されない限り車椅子に乗りたがります。

食事、排泄、着替えなど、いろいろなことがある程度自分で出来ますが、そのどれもが中途半端で、完璧には出来ません。

たとえば食事については、自分で食べられますが、箸は使えません。肉や魚などの副菜は一口大に切ってもらったものをスプーンですくって食べています。

トイレにはひとりで行けますが、後始末は出来ません。

着替えも、「自分で着なさい（脱ぎなさい）」と言えばやろうとしますし、ある程度のことは出来ますが、ボタンは嵌《は》められません。シャツの前後ろが逆だったりするのはしょっちゅうですし、ブラウスの裾をスカートやズボンの中にたくし込んだりは出来ません。くしゃくしゃとねじ込んですました顔をしています。

ですから比較的大きな、常に複数の人の目が届く施設の方が祥に向いているのではないかと考えました。

三つ目は、医療体制の充実です。

いつの頃からだったか、たぶん成人してからだったと思いますが、てんかん発作と思われる症状が、頻繁にではありませんが、極くたまに、主に寝入りっぱなに出るようになりました。ですから、医療体制がある程度整っていること、二十四時間態勢の、特に夜間のケアが充実していることが必須だったのです。

この三つの条件を満たしてくれて、祥が楽しく安全に暮らしていける場所はどこなのか。ぼくらが安心して祥を預けられるのはどこなのか。

その回答を求めてショートステイ（短期施設入所）を始めたのは、養護学校（現特別支援学校）の高等部を卒業して、しばらく経った十九歳になってからでした。

新宿区立障害者福祉センターを手始めに、何か所かの施設、たとえば都立東大和療育センター、調布福祉園、練馬福祉園などでショートステイを繰り返しました。

一度きりでしたが一年間のミドルステイも体験しました。そのミドルステイ先が、今回入所を決めることになった町田福祉園だったのも偶然ではなかったと思います。

もちろんグループホームも、こちらはそれほど多くの施設ではありませんでしたが見せてもらいました。その副産物として、祥にも家族にも〝別れ力〟と言うか、〝バイバイ力〟と言うか、別れることに対する免疫力が付きました。

いえ、いつまで経っても慣れない人物が一人いました。

ぼく、です。

当初は年に数回だったショートステイが、町田福祉園に入所する直近の二、三年は、月のうちの半分を練馬福祉園で過ごすようになっていました。そんな祥のことを、

「かわいそうだ」

「祥に負担を押しつけているんじゃないか」

と言うぼくに対して、当時もう結婚して家を出ていた娘たちは、

「かわいそうなのはママの方だよ」

そう言ってぼくを非難したのです。言われてみればその通りで、二の句がつげませんでした。

家族の中で、祥に対して一番センチメンタルになっていたのはぼくだったのです。

ということで、いつでも入所させられるという覚悟は出来ていました。いえ、待っていたと言ってもいいくらいです。にも拘らず、ぼくらは町田福祉園への入所に躊躇《ちゅうちょ》していました。

今さらどうして戸惑っていたのかと言うと、実は、「入所先は、練馬福祉園」へという思い込

みがあったのです。

なんの根拠もありませんでした。近い将来に練馬福祉園から入所の話があるかどうかも分かっていませんでした。ただ漠然と、練馬福祉園を理想の入所先として思い描いていたのです。先ほども書きましたが、練馬福祉園は祥がここ何年か、月のうち半分を過ごしている施設でした。ですから、祥には住み慣れた施設でしたし、ぼくらにも顔見知りの職員さんたちが何人か出来て安心感がありました。立地的にも家からクルマで二、三十分という近さです。

それで、この話が来たとき、

「町田福祉園か？」

「どうしよう？」と躊躇したのです。

もちろん一年間のミドルステイを体験したのは町田福祉園でしたから、よく知っている施設ではありました。でも、十年以上も前のことです。立地的にも練馬福祉園の方が勝ります。

じゃあ、どうする？　返事はなるべく早くとも言われています。ぼくらは迷いに迷いました。

そんなぼくらの背中を強く押してくれたのが『あゆみの家』の職員さんたちでした。

「お母さん、チャンスは逃がしちゃだめよ」

「今断ったら、次はいつチャンスが来るか分からないわよ」

「町田福祉園に入所できるなんて奇跡に近いことよ。お父さんとお母さんが健在で、しかも二人のお姉さんが近所に住んでいるなんて、入所には最悪の条件なんですからね」

そんなこんなの経緯があって、「お世話になります」と福祉課に伝えると、ほどなくして、「入所日は五月の連休後に」という知らせがありました。

もう二か月ほどしかありません。次の日から、役所に出かけていって必要な手続きをしたり、病院から入所に必要な書類を取り寄せたり。大忙しの毎日を過ごすようになりました。

斯《か》くして、記念撮影の四日後、今から八年前の平成二十四（二〇一二）年五月十六日、この日から祥の生活の場となる町田福祉園をめざして、ぼくらは東名高速道路を南下していました。

祥の、自立への五十キロメートルです。

夏近しを思わせる日差しのまぶしい朝でした。

バイバイは、さりげなく

山手通りから首都高を使って東名高速に入り、東名を横浜町田インターチェンジで降りて町田街道を走る。新宿の自宅から町田福祉園まで、およそ五十キロ、約一時間半のドライブです。

このルートは、十年前、祥のミドルステイのときに一年間毎月通った走り慣れた道です。

約束の朝十時着を目指して、若干の余裕をもって八時前に家を出ました。助手席には妻の千恵子が、祥はいつもの後部座席です。

時速八十キロ。東名高速は渋滞もなく快調です。ぼくはハンドルを握りながら、二十数年前のある出来事を思い出していました。調布福祉園だったか、どこだったか。ショートステイをする祥を送っていったときのことです。

立ち合ってくれたケアマネージャーさんが新宿区役所まで戻ると言うので、帰り道が同じだったぼくの車に途中まで同乗してもらいました。

話題は当然のように施設入所のことになって、大勢の人が入所待ちをしているという話を彼は頻《しき》りにしていました。

そのときぼくが、祥の入所がいつ頃になるか尋ねたのでしょう。こんな会話になりました。

「どのくらい待てば入れそうですか」

「そうですね、二十年くらいでしょうか」

「えっ、そんなに！」

「そうですよ、そのくらい待っていただくことになります」

「それじゃあ、ぼくは七十歳になっちゃいますよ」

「ええ、親御さんの年齢がそのくらいになるのが普通です」

運転するぼくの横顔を見つめながら、

「当然ですよ、なに言ってるんですか」みたいな顔をして、彼は言い切りました。

ぼくはその言葉を唖然として聞いていたことを覚えています。でも、結果的に彼の言った通りになったのです。

祥の入所時点でのぼくは七十一歳。妻は六十九歳でした。子育てには薹《とう》が立ちすぎている年齢です。よく頑張ったと思います。町田福祉園への入所が決まったとき、正直、

「これで女房は、普通の女性になれる」そう思いました。

漠然とですが施設入所を思い定めてから二十年、祥が養護学校を卒業してから十七年が経っ

ていました。長い年月でした。

でも、と思います。仮にもっと早く入所の誘いがあったとしたら、ぼくらはどうしていたでしょうか。受けていたでしょうか、お断りしていたでしょうか。

時が来たということなのでしょう。今日でよかったのです。そう思うしかありませんでした。

クルマは横浜町田インターチェンジを出て町田街道に入りました。ここまで約一時間です。あと四十分ほどで町田福祉園に着きます。約束の十時に間に合いそうです。

町田福祉園には、ちょうど十年前の二十五歳から二十六歳になるまでの一年間を祥はミドルステイしていました。

ですから入所のことを祥に知らせる言葉もこんなふうになりました。

知らせたのは妻でした。朝、『あゆみの家』の送迎バスを新目白通り沿いの街路樹、槐《えんじゅ》の樹の下で待っていたときです。

「さっちゃん、明日から町田福祉園に行くんだよ。大きなプールがあったよね。近くにマックがあったの覚えてる？　ハンバーガー食べたよね。だから、『あゆみの家』は今日でお終い。皆さんに「さようなら！」ってご挨拶してきてね」

最初、キョトンとしていた祥でしたが、

「うん！」と、はっきりと答えました。

たぶん、「ショートステイなんだろうな」という程度の認識だったのだろうと思います。入所と言っても祥には理解出来ないでしょうから、時間をかけて分かってくれればいい。妻はそう思って、敢えてそれ以上の説明はしなかったそうです。

ぼくも、それでいいと思いました。その代わりに、妻は祥にこう言いました。

「『祥は明日から町田福祉園に行きます』って元気な声で言うんだよ。練習！　声に出して言ってごらん」

そう言うと、祥は、

「あ〜〜〜〜あ」と、ママに教わった挨拶の言葉を大きな声で復唱しました。

『あゆみの家』でも、「お別れの会をしたいのですが、祥さんの気持ちを乱すのではないかと遠慮しています」と気をつかってくれていましたので、バスを見送った直後に「入所の話を祥にしました」と電話で知らせました。

それで『あゆみの家』では、近くの公園に出かけて記念写真を撮って、「帰りの会」のときに、お別れの会を開いてくれました。祥は通所仲間の一人ひとりにこの日のために妻が用意したメッセージ付きのお礼の品（ガーゼのハンカチ）を渡してお別れしたそうです。

約束の十時ちょっと前に、ぼくらは町田福祉園の駐車場に着きました。

「さっちゃん、着いたよ」

ママがひと声かけて手を差し出すと、祥は「んっ！（いやだ）」と、ひと言。その手をぴしゃりと叩かんばかりの勢いで振り払って、そっぽを向いてしまいました。

いつものことなのです。施設に到着した途端に、なぜか祥はママ拒否、パパがいいモードに変身してしまうのです。ですから、事情を知らない人たちには、

「祥さんはパパっ子なんですねぇ」と誤解されてしまいます。

妻にとっては「感じワル！」ってことなんですが、今回も例外ではありませんでした。

ぼくが妻に代わって手を伸ばすと、祥はぼくの手に掴まって躊躇することなくクルマから降りて来ました。

綿シャツにジーンズというカジュアルなファッションに、この日のために髪をショートボブにした祥は、右手をぼく、左手をママと繋いで管理棟に向かいました。

管理棟の前では、事務長の佐竹登美子さん、五棟棟長の岸本順一さん、祥の担当支援スタッフとなる中島玲子さんの三人が横一列に並んで出迎えてくれました。

「おはようございます」

「祥さん、お待ちしていました」

ぼくの手を握っていた祥の手にちょっぴり力が加わったのが分かりました。緊張が増したの

でしょうか。ぼくらも挨拶を返して、祥にも「『伊藤祥です』ってご挨拶しなさい」と促すと、祥は深々と腰を折って、「あ〜〜〜あ（伊藤祥です）」と挨拶しました。

「あらあら、丁寧なご挨拶ですね」

その仕草に、全員大笑いです。ちょっぴり緊張がほぐれました。

入所手続きは看護師さんも加わって、管理棟に入って直ぐ左側のフリースペースで行われました。そこには大きなテーブルが一卓と五、六脚の椅子があって、窓際には大型の水槽に鮮やかな色をした熱帯魚がひらひらと泳ぎ、ちょっと小ぶりな水槽には尾びれの長い金魚が十匹ほど泳いでいます。壁際には飲物の自販機も二台あって、普段は入所者さんたちの憩いのスペースになっているのだそうです。祥の好きな牛乳はあるかなと覗いてみましたが、生憎《あいにく》見つかりませんでした。

祥のことを説明する資料として、ぼくらは病院のカルテの写しなどの他に、ぼくがもう二十数年も前に小学館から上梓した『ただいま奇跡のまっさいちゅう――ある障害児と家族の18年6か月』（昭和六十二年発行）と、『祥の手話手帖』を持ってきていました。

『ただいま奇跡……』は、祥の誕生から養護学校の高等部を卒業するまでの十八年間の生活をまとめたものですので、祥のことを知ってもらうためのこの上ない資料になるはずですし、『祥の手話手帖』は祥の言葉の代わりになる身ぶり手ぶりをイラスト入りで細かく解説した私家版マニュアルですから、祥とのコミュニケーションに役立つはずと思ったからです。

その席で、ぼくらからは祥の病歴や性癖について、特に最近になって時々発症するてんかん発作について、どんなときに発症して、そのときどんな様子で、どんな対応をしているかなどを詳しく話しました。園からは、今日から祥がどんな生活を送るかについて話がありました。

打ち合わせの最後に、事務長の佐竹登美子さんが言いました。

「お父様、お母様から、特に園に対して希望されることはありますか」

お言葉に甘えてこんなことをお願いしました。

まず、妻がお願いしました。

「祥は言葉は話せませんが、こちらが言っていることはほぼ理解しています。『うん』『いいえ』で答えられる問いかけをしていただければ、かなりのコミュニケーションがとれるはずです。一日も早く、ひとつでも多くのサインを覚えていただければと願っています」

祥の担当者、中島玲子さんがメモを取っていた手を止めて答えました。

「分かりました。お父様の書かれたご本と、『手話手帖』をスタッフ全員で読ませていただいて、一日も早く祥さんとよいコミュニケーションがとれるようにがんばります」

次に、ぼくがお願いしました。

「お手伝いをどんどんやらせてください」

「お手伝いですか？」

「ええ、祥はお手伝いが大好きです。遠慮なくどんどん使ってやってください」

「どんなことをお願いできそうですか」

「たとえば食事の前にランチョンマットを敷いたり、箸やスプーンを並べたり。食べ終わった茶碗や皿をかたづけたりですね。そうそう、くずかごのゴミを集めたり、捨てに行ったりとか。ショートステイ先の職員さんから〝アルバイト代を支払いたいくらいでしたよ〟と感謝されたこともありました。もちろん冗談でしょうが」

親バカを地で行くぼくを、妻がフォローしてくれました。

「なにをやらせても中途半端で、却って足手まといになるのは分かっているのですが、よろしくお願いします」

「それともうひとつ」と、妻が言いました。

「できるだけ歩かせるようにしてください。本人は車椅子に乗りたいと言い張るでしょうが、『ママとの約束ですからね』とか言って歩かせてください」

「それから、もうひとつ」と、妻の〝お願い〟はいつまでも続きます。

「おむつは極力使わないでいただきたいのです。昼間はもちろん、夜もです。うちではおねしょパッドで対応していました」

やれやれ、なんて注文の多い親だろうと思われてしまったかどうか。それよりも、祥について、皆さんがどんな印象を受けたのか？　そっちの方が気にかかります。

小学校中学年児ほどの体型と容姿から、

「扱いやすそうでよかった！」なんて思ったとしたら、期待を裏切ること必定です。祥を甘く見てはいけません。親と同じく注文の多い手数のかかる娘なのです。

小一時間ほどで管理棟での打ち合わせを終えたぼくらは、棟長の岸本順一さんと中島玲子さんの案内で、今日から祥の生活の場になる五棟に向かいました。

祥の緊張はもうすっかりとけたようで、中島さんと繋いだ手を小さく振りながら、スキップでもしそうな勢いで歩いています。祥の取り柄のひとつは、この変わり身の早さなのです。

五棟までの遊歩道には暗赤色のレンガが敷き詰められていて、まるで町田福祉園の背骨のように広い芝生の真ん中をまっすぐに突っ切っています。

「祥さんは、ここでミドルステイをされたことがあったそうですね」

「ええ、十年前に一年間お世話になりました」

「どの棟だったか、覚えてらっしゃいますか」

「さあ、どこだったかしら？　あなた、覚えてる？」

「忘れちゃったなあ。ひょっとしたら五棟だったんじゃない？（笑）」

「記録があるかもしれません。調べてみましょうね」

「ええ、是非、お願いします」

そんなお喋りをしながら小道をたどると、道の右側、芝生の奥に二階建ての生活棟が三つ、左側にも生活棟が一棟と体育館、プール、そしてサービス棟と書かれた建物があって、そこには厨房や洗濯室が入っているのだそうです。

今日から祥の生活の場となる五棟は敷地の一番奥、通用門で隔てた職員寮の手前にありました。ちなみに五棟は一階で、二階は四棟になっています。

大きな硝子をはめ込んだ扉には「ようこそ、伊藤祥さん！」と大書した貼り紙がありました。

扉を開けるとそこは広い玄関ホールになっていて、手前の土間床には車椅子が四、五台駐めてあります。靴を脱いで上がると右側に入所者さんの名前が書かれた靴入れがずらりと並んでいて、左側には長椅子と職員室に通じるドアがあります。

突きあたりの扉の内側は広いデイルームになっています。そこには七、八人ほどの入所者さんと、同数くらいの支援スタッフがいて、ちょっと緊張気味な祥に向かって、

「おはようございます！」

「祥さん、いらっしゃい！」という元気な声をかけてくれました。

岸本順一棟長が五棟のことを話してくれました。

「五棟には十五室の一人部屋と二人部屋が一室あります。一人部屋の一つは緊急入所などの短期入所者さん用として常に空室になっています。そしてデイルームと呼ばれている共有スペースと食堂、浴室、職員室があります。この間取りは、どの棟も同じです」

「祥は、二人部屋なんですね」妻がちょっと不満そうに言いました。

「そうです」

「なぜ二人部屋に？」

「一人部屋は自閉症とか強度行動障がいの方など個室での生活が好ましい方を優先してご利用いただいています。祥さんの場合は人と上手くやっていける方という認識で二人部屋になったのだと思います」

どうやら何人かの待機者を差し置いて祥に白羽の矢が立ったのは、二人部屋に適しているという判断があってのことだったようです。

「出来れば一人部屋の方がよかったんですけど……」

「そうですね。でも、同室の方との相性などを十分考慮していますのでご安心ください」

「ご一緒の方はどんな人ですか」

「ちょっとお年を召した穏やかな方です。祥さんとも直ぐに仲良くなれると思いますよ」

まもなく昼食時間とのことで、話の続きは祥の部屋で荷物を整理しながらということになりました。

デイルームの突きあたりは大きなガラス窓がはめ込まれた引き戸になっていて中庭が見えます。その手前の廊下を右に行くと男性用の、左が女性用の居室になっています。

祥の部屋は、廊下の一番奥の十畳ほどの四角い洋室です。そこにはベッドが二つあって、その間を簡素な白いカーテンで仕切った、入口側半分が祥の生活スペースです。

床は淡いグレーのリノリューム張りです。

「なんだか病室みたい」

妻がぽつんとつぶやきました。ぼくも同感でした。白っぽい壁のせいです。

家具の類いは、ベッドの他には衣装ダンス、キャビネットが各一つずつという、必要にして充分と言えば言えるシンプルさです。

持ってきた衣類を衣装ダンスに入れたり、廊下に作り付けられている祥専用の収納棚に当面使わない衣類を仕舞ったりしながら話の続きをしました。

祥はというと、部屋に入ってやっと落ち着いたのか、若い男性支援スタッフを捕まえて握手を求めたり、スタッフの手を自分の頭に誘導して、「なぜなぜして！」とお願いしたりして、すっかりいつもの祥になっています。

「五棟の女性は何名ですか」

「祥さんを含めて七名です。男性九名をあわせて十六名の入所者様を、二十名のスタッフが、早番、日勤、遅番、夜勤の勤務体制で生活支援させていただいています」

殺風景だった白い壁は先日撮影した家族写真や、『あゆみの家』から「記念に」といただいてきたポニョを飾ったりして、少しは賑やかになりました。ちなみにポニョは布製の人形で、演芸会の出し物『お尻かじり虫』で、祥のお尻をかじった思い出の品です。

ベッドサイドのキャビネットの上には、お気に入りの玩具『ハンド&ネイルちゃん』や、『ママのテープ』を聞くためのラジカセをセットしました。この二つの品については、たぶん、どこかでお話しする機会がやってくると思います。

そうこうしているうちに昼食の時間になりました。祥の、入所後初の食事です。ちゃんと食べられるか心配です。

食堂には七、八人が座ることができる大き目なテーブルが一卓と、座卓が一卓。壁際の三角コーナーに、それぞれパーティションで仕切られた一人用の食卓がコーナーごとに計三卓あって、聞くとそれは自閉症の方用なのだそうです。

十数名の先輩入所者さんの前には、すでにトレイにセットされた昼食が用意されています。ご飯に、コンソメスープ、主菜は豚肉の甘酢あんかけで、副菜は小松菜のじゃこ炒めです。

抹茶ゼリーのデザートも付いています。

なかなかゴージャスなメニューです。豚肉の代わりに鱈の甘酢あんかけがセットされているトレイもあります。好みや体調などによって選べるのでしょうか。

スタッフの皆さんは入所者一人ひとりの間に座って食事介助を始めようとしています。

祥が食堂に入るのを潮に、ぼくと妻はお暇《いとま》することにしました。

「じゃ、さっちゃん、また来るからね」

「楽しく過ごすんだよ」

そう言って、いつものショートステイのときと同じように、♪ハイタッチ、ロータッチの儀式をしてバイバイしました。

祥は玄関先まで中島さんと手を繋いで見送ってくれました。

なぜでしょうか。大事なわが娘と離ればなれになるときが来たというのに、ぼくの心は不思議に穏やかなのです。

愁嘆場《しゅうたんば》、ですか?

ありませんよ〜!

正直、ぐずぐずと居続けてもお互いに辛くなるだけだと思っての行動でもあったのですが、あとになって、「あっさりしているので、びっくりしました。なかなかああはいかないものですよ」と、スタッフの一人が感心していたと妻から聞きました。

さりげない別れが出来たのは、小さい別れの積み重ねで、ぼくら、つまり祥も含めたぼくらが〝別れ上手〟になっていたからです。そのことについては若干お話ししましたのでここでは繰り返しませんが、積み重ねの歴史は、祥が小学二年生の秋に行った二泊三日の校内宿泊を皮切りに、ざっと二十七年間に及んだということだけは書きとめておきたいと思います。

初めての面会

六月の第三日曜日の朝、ぼくは入所後初めて祥を訪ねるためにハンドルを握っています。もちろん妻も一緒です。

夜明けまで降っていた雨で路面は濡れていましたが、空はよく晴れわたって初夏を思わせる陽の光が運転席まで射し込んでいます。

祥が町田福祉園に入所しておよそ三週間後のことです。

園では毎月第三日曜日に「楽助会」という保護者会主催の集まりが開かれています。

午前十時四十五分から四十分間ほどの短い集いですが、前半は毎回園の最高責任者であり、経営母体の社会福祉法人みずき福祉会の理事長でもある阿部美樹雄さんを招いて、氏の障がい者支援、あるいは支援者教育に対する熱い思いや、直近の、あるいは遠い将来を見据えた園運営の課題や夢などについて聞かせてもらっています。

ちなみにぼくらは氏のことを、敬意と親しみを込めて「阿部ジーエム（ＧＭ）」とか「ＧＭ

の阿部さん」と呼んでいます。GMは、ジェネラルマネージャーの略語です。「楽助会」の後半は棟ごとに五つの班に分かれて開かれる「各棟会」です。そこでは一か月の間に棟であった出来事や入所者さん個々人の健康状態、活動内容などの報告がマネージャーもしくはサブマネージャーと呼ばれている棟の中間管理職スタッフによって行われます。

保護者から棟運営に関する提案や質問が出るのもこの場です。

各棟会が十二時少し前に終わると、保護者の皆さんは三々五々わが子の元に出かけて行って、一か月ぶりの逢瀬を楽しみます。

ぼくらもそうしていますからたぶん皆さんも、面会時間の大半を一緒に昼食したり、買物に当てているのでしょう。クルマで遠くまで足を伸ばす人たちもいますし、車椅子を押して近くのレストランに出かける人もいます。陽気が良ければ手作りの弁当を芝生の上に広げたりする人たちもいます。

最近奥様を亡くした男性は、娘さんが園で昼食を済ますのを待ってドライブにだけ連れ出しています。一緒に外食をしたいという気持ちはあっても、娘の介護はやっぱり男親には限界があるのだと、寂しそうに語ってくれたことがありました。

逆に、年老いた母親だけでは手に余る息子との外出にスタッフが付き添って出かけている光景を見かけたこともあります。そういう方法もあるんだということを、機会があれば彼に伝えてあげたいと思っています。

もちろん訪ねてくるのは実の親だけではありません。兄弟姉妹だったり、その夫婦だったり、叔父や叔母だったり家庭の事情でさまざまです。

それにしても訪ねてくる人があれば幸いと言うほかはなく、様々な事情で面会者のいない入所者もいます。

たとえば祥が生活している五棟の入所者は男女合わせて十六人ほどですが、このうち楽助会に出席しているのは五、六組で、しかもその顔ぶれはほぼ毎月同じです。

ぼくらは、その「楽助会」に出席しがてら祥に会うためにクルマを走らせているわけで、その日を祥との毎月定例の面会日と決めました。

そして今回がその第一回目なのです。

車中で、ぼくと妻はこんな会話を交わしていました。

「今回はどうするの？」

「どうするって？」

ぼくは助手席の妻にちらっと目をやって尋ねます。

「いつものように、こっそりと様子だけを見て帰るつもり？」

「会わないでってこと？」

「そう」

「うーん、どうしようか？」

ぼくらは、いつもそうしていたのですが、初めてのショートステイ先を訪ねるときには、植込みの陰からとか、扉の陰からとか、物陰に隠れてこっそりと祥の様子を見させてもらうという方法をとっていました。

だから、「今回もそうするかどうか？」と話し合っていたというわけです。

「わたしは会いたい」

「俺だって会いたいさ。でも、会えば甘えが出ちゃって……」

「普段の生活ぶりが見られないとか？」

「うん」

「ちょ、ちょっと！　ちゃんと前を向いて運転してよ！」

「分かってるよ！」

そして少しのあいだ気まずい沈黙が流れて、ぼくはきっぱりと妻に言い渡しました。

「やっぱり、いつもの通り会わずに様子を見よう！」

「……」

そんなやり取りをしているうちに園に着きました。

で、楽助会を済ませて五棟の玄関口で中島玲子さんにご無沙汰の挨拶をしたときも、不満そうな妻を尻目に、

「祥に気づかれないように、そっと生活ぶりを見たいんですが」

ぼくはそうお願いしたのですが、中島さんは、「えっ、意外！」という顔をして、それから妻に向かって言いました。

「祥さんは、お父さんとお母さんに会うのをとっても楽しみにしていらっしゃるんですよ」

そのひと言で妻の表情がパッと晴れやかになって、ぼくもあっさりと前言撤回して、食堂でお昼ご飯を食べている祥に会うことにしました。朝令暮改、ケッコー！　って感じです。

会えば甘えが出て普段の生活の様子が見られなくなるんではないか、「会って里心が付いて、一緒におうちに帰りたいと泣かれたらどうしよう」なんて心配は、ぼくらの老婆心に過ぎないのではないのか。

それが図星だったことが、その直後に証明されました。

「さっちゃん！」

食事中の祥に妻が声をかけると、祥はびっくりしたように手に持ったスプーンをパタンと落として、「パパ！」と呟きました。

例によってパパがいいモードです。完璧にママを無視しています。

祥の隣りに用意された椅子に妻が座ろうとすると、「あっちへ行け！」みたいに腕を伸ばしてママの身体を突っぱねています。照れているのでしょうか、それとも三週間も会いに来なかったママへの当て付けでしょうか。

でも、祥はママが大好きですから、そんな強がりも長くは続きませんでした。

久しぶりにパパとママに会って興奮しているのでしょう。食事どころではなくなった祥の口元にママが鶏肉のハニーマスタード焼きをひと欠片スプーンで持って行くと、祥は大きく口を開けてパクッと食べました。

ウエットティッシュで口元を拭いてあげて、今度はインゲンのサラダを持って行くと、また大きな口を開けてパクッと食べました。

「祥さん、赤ちゃんみたいですね」中島さんがからかうと、祥は、

「ぐふふふっ！」と笑って、ママの首筋に抱きつきました。

パパがいいモード、完全解消！　です。

一時間ほどたっぷりかけて食べ終わると、それを待っていたように中島さんが言いました。

「もうすぐ午後の音楽活動の時間なのですが、祥さんをお連れしてもいいですか。それとも今日はご家族で……」

「いいえ、いつも通りにしてください。私たちは祥が戻るまでここで待たせていただきます」

そんなやり取りがあって、祥は別のスタッフ、堀田亜也子さんという産休明けで一年ぶりに職場に復帰したばかりという支援スタッフに伴われて音楽活動に出かけました。音楽活動は、事務棟の前の体育館で行われるのです。

ぼくらは祥が戻るのを待っている間に入所以来の祥の生活ぶりについて中島さんから報告を受けることにしました。

ここからは中島さんが話してくれた入所当日の祥の様子です。

「お母様からお話があった通り、あの日の昼食はほとんど召し上がれませんでした。初めての環境で当然とは思うのですが、かなり緊張して過ごされていました。ご飯を半量ほどとコンソメスープを二口ほど飲まれただけでした。豚肉の甘酢あんかけも小松菜のじゃこ炒めもデザートも手つかずで残されました。

その日の日中は、お部屋で過ごされることはほとんどなくて、デイルームにいると思えば、廊下にいたり、他の入所者さんの部屋の前に座り込んでいたり。ちょっと目を離すと姿が見えなくなってしまって、お探ししなければなりませんでした（笑）。

その様子は棟内を探索しているというよりも、居場所がなくて、落ち着かなくて、うろうろしているといった感じでした。それで、『どこにいらっしゃるかを常に把握しておく必要があるわね』とスタッフ間で話し合いました。

夕食はカレーライスでした。ご飯とサラダとスープはほぼ召し上がられましたが、カレーは手つかずでした。その日、私は日勤でしたので、実際に祥さんを見ていたのはここまででした。

その後のご様子は遅番や夜勤のスタッフが書いた生活記録からのご報告になります」

中島さんはそう言ってこの日のためにプリントアウトしてくれた『祥さんの生活記録』に目を通しながら話を続けてくれました。

「初日はなかなか寝付けなかったようですね。遅くまで居室とデイルームを行ったり来たりされていたようです。祥さんのご様子はベッドから下りると作動するセンサーと、ドアを開けると鳴る鈴の音でスタッフには分かるようになっています」

「センサーですか？」

「ええ、そうです。ベッドから下りると職員室のブザーが鳴りますので、祥さんの行動が分かる仕組みになっています。今も祥さんのお部屋に付いています。

初日はブザーが頻繁に鳴っていたようで、スタッフがその都度お部屋に伺っています」

『祥さんの生活記録』を指で辿りながらの中島さんの話が続きます。

「えっとですね。入眠されたのは二十二時三十分でした」

「ああよかった！　眠れたのね」と、妻。

「でも、すぐにデイルームに出てこられて……」

「えっ、そうなの！　それで、眠ったのはどのくらい？」

「二時間くらい、ですね」

「ということは日にちを跨《また》いですぐに起きちゃったってことね。まさかそのまま……」

「ええ、着替えをしたいと仰っていたのですが、パジャマのままでデイルームで夜勤のスタッフとお話をしたり音楽を聴いたりして過ごしていらっしゃったようです」

二日目の朝食も、サラダを半分くらい食べただけだったようです。ご飯も味噌汁もほとんど箸を付けていません。昼食は、それでも炒飯を半分ほど食べています。デザートには口を付けていません。夕食はスパゲッティを三分の一ほどとサラダを数口食べていますが、コーンスープは拒否しています。

入眠は二十二時でした。

途中何回か目を覚ましてデイルームを行ったり来たりしています。二十三時四十五分、ベッドから下りるセンサーが鳴ったのでスタッフが居室を訪ねると、祥はベッドに腰掛けて泣いていたそうです。どうしたのでしょう。ママに会いたくなっちゃったのでしょうか。

その理由については、生活記録にはなにも書かれていませんでした。まだ、祥とのコミュニケーションがとれていないということなのでしょう。二日目なのですから、無理もないことだとは思います。

三日目の生活記録には、「朝食ほぼ全量、昼食は主菜半量、副菜全量。夕食は主菜三分の一、副菜全量」とあります。少しずつですが食べられるようになっているようです。

「食事以外の様子はどうですか？」

妻が中島さんに尋ねました。

「二日目の生活記録には、園内散歩をしたと書かれています。途中で出会った他棟のスタッフと手を繋いで離そうとしなかったそうです。

三日目は、体育館の音楽活動に参加されています。今行っていらっしゃる音楽活動ですね。うれしそうにピアノのそばで過ごしていて、リクエストタイムでは、♪おもちゃのチャチャチャに合わせて鍵盤を叩いて楽しく過ごされたようです」

その様子が生活記録には、

『音楽を楽しむというより人との関わりや雰囲気を楽しんでいるようでした』

そう書かれてありました。もちろん、祥は人が大好きですが、音楽も大好きです。ということを、まもなくスタッフの皆さんも気づいてくれることでしょう。

ここからは、再び中島さんの報告です。

「四日目の朝五時に失禁されています。

入所間もなくでトイレのタイミングが合わないのでしょうね。ええ、尿失禁と便失禁の両方です。『着替えのズボンを自分で穿くように促しています。しばらく見ているとご自分で履かれています』という記録があります。

食事は時間はかかっていますが、しっかり食べられるようになってきました。

睡眠も四日目、五日目は、入所の際お持ちいただいたママの声を録音したテープを聞きながら、両日とも二十一時に入眠されています。

まだまだ断眠ですが、トータルで七時間ほどは眠っていらっしゃいます。

四日目には管理棟の自販機でジュースを購入されています。『どれにしますか』と尋ねると、ご自分でレモンジュースのボタンを押されています。ひと口飲んで酸っぱそうな顔をして、『んっ！（いらない）』と仰っていました。

五日目に、拳をとんとんと打ち合わせる〝お家〟サインで『おうちに帰りたい』と仰っていましたが、お母様からの電話で『さりげなく、ここがおうちですよと伝えてください』と言われていましたので、スタッフにも周知させています。苦手そうな入所者さんが二名ほどいらっしゃるようですので、ニアミスを避けるように見守っています」

入所時にした〝三つのお願い〟については、「お手伝い」はまだでしたが、「出来る限り歩かせてください」も、「おむつはしないでください」も、しっかりと実行されているようです。

以下、『祥さんの生活記録』からの引用です。

まず、歩行についてです。

『ウォーキングでは講師の「ファイト、ファイト！」のかけ声に合わせて背筋をピンと伸ばしながらスタスタと歩いています。コースを三周したところで椅子を指さして座りたいとの訴えがありましたが、「ママが歩いてほしいと言っていましたよ。ちゃんと歩いていますよと報告できるようにしましょう」と声をかけると切り替わって歩いています。以降も何度か「座りたい」との訴えがありましたが、「お昼ご飯は大好きなうどんですよ。お腹を空かせていっぱい食べましょう」と誘うと、仕方ないなあといった様子で歩いていました』（平成二十四年六月八日）

失禁については、トホホな記述がいっぱいです。

『二十三時に伺うと、たっぷり失禁していました。「おトイレに行ける方なのでもったいないですよ」とお伝えして、次はトイレでと約束しています』（平成二十四年五月十八日）

『センサーの音がしたので居室に伺うと失禁されていました。本人としては不服だったようで、ため息をつきながら着替えていました』（平成二十四年五月二十三日）

『夜間良眠している。一時前（×）、三時（○）。しっかりとトイレに起きている。「ママと約束したから」と仰っていました。「約束通りちゃんとトイレが出来て素晴らしいですね。今度ママが来たときにはちゃんとトイレでしていますと報告しましょうね」とお伝えしています』（平成二十四年六月十三日）

音楽活動から祥が戻ってきたのを潮に中島さんとの話し合いを切り上げることにしました。活動に付き添ってくれた堀田さんに祥の様子を尋ねました。

「最初の三十分ほどは楽しそうに参加されていましたが、やっぱりパパとママのことが気になるのでしょうね。手を振って、『音楽活動、バイバイ』と仰っていましたので途中で引き上げてきたんですよ」

それで、衣類の整理をしたいという妻を五棟に残して、ぼくは祥の手を引いて園内散歩に出ました。入所の日に咲き誇っていたツツジに代わって、モッコウバラの花がきれいです。ピンクやブルーの紫陽花も咲いています。

レンガを敷き詰めた小道を、さまざまな人たちが行き交っています。車椅子で、これから外出する人。外出から帰ってきた人。ガタガタと派手な音を立てているワゴン車を押しているのは厨房の係の方です。

どの人も祥にとっては魅力的な〝獲物〟です。見境なく捕まえては握手を求め、頭を撫でてほしいとお願いし、一度つかんだ手は、「さっちゃん、皆さん忙しいんだから手を離しなさい」と、ぼくが言うまで離しません。

晴れわたった六月中旬の午後二時の日射しは、すっかり夏のものです。額にうっすらと汗をかき、赤い顔をしている祥を促して、木陰のベンチに避難しました。

「暑いね」

ぼくが言うと、祥はTシャツの襟首を摘まんでパタパタさせて、〈暑いね〉と答えます。

ハンカチノキの白い花が青い空にふわりふわりと浮かんでいます。

そのとき祥が、両の拳をとんとんと打ち合わせる〝あゆみの家〟サインを出しました。

「あゆみの家に行くのか？」と聞いているのです。

（その話、やっぱり来たか！）

散歩に出る前から予想していた問いかけでしたが、ぼくはちょっと緊張しました。

次いで、ベンチを指さす〝ここ〟サインと両手で顔を擦る〝お風呂〟サインです。

こう言っているのです。

「私は、今日もここでお風呂に入るのか？　お泊まりするのか？　それともパパやママと一緒におうちに帰って、明日はあゆみの家に行くのか？」

ぼくは、さりげなく答えました。

「さっちゃんのおうちはここだよ」

祥は、一瞬じっとぼくの顔を見つめて、それから黙ってぼくの肩越しに腕を回してハグをしてきました。力のこもったハグでした。

「わかったよ、パパ！」

そう言っているようなハグでした。

ぼくは、鼻の奥がツンとするのを感じながら黙って祥を抱きしめていました。

祥は、もう大丈夫です。

大丈夫じゃないのは……、優柔不断なぼくの方かもしれません。

Ⅱ　祥の一日

「おはよう！」から「おやすみ！」まで

祥が町田福祉園に入所して八年目に入った六月のある一日、ぼくは園にお願いして、祥の〔起床〕から〔就寝〕までの様子を見させていただきました。

以下は、そのレポートです。

1――［起床］　祥の朝は早い

朝です。

祥が目を覚ましました。

ゆっくりとベッドから下りて、先日の面会の時にママに買ってもらったばかりの室内履きに足を通して、カチャン！

扉のカギを開けました。

出入り口は引き戸式になっていて、内鍵が付いています。

他の入所者さんが何度か無断で入ってくることがあって、園の方で付けてくれました。

祥はそのカギを自分で開けることが出来ます。二、三回の練習で出来るようになりました。

閉める方は、「祥さんの能力ならすぐに出来るようになりますよ」と言われて久しいのですが、いまだに出来ません。でも、スタッフが代わりにやってくれますから問題はありません。

同室の美咲さんにはどうかな？　と見ていると、開けるのも閉めるのも難なくこなしていましたから大丈夫そうです。

もちろんこのカギ、外からも開け閉めが出来るようになっていて、外のカギは無断入室者の手の届かないところに付いています。

さて、廊下に出ると左前方にデイルームの明かりが見えます。

廊下はシンと静まっていて、まだ常夜灯が点いています。他の入所者さんは、誰も起き出して来ていません。

廊下の壁を伝うように慎重に歩いてデイルームを目指します。

祥のこの一連の動きはセンサーが作動して、もう職員室のスタッフに伝わっています。

祥は、早起きです。毎朝このくらいの時間には起き出してきます。

「祥さん、おはようございます！　早いですね」

昨夜から夜勤をしていた木元夏江さんが掛け時計を見上げながら声をかけてくれました。時計の針はまだ五時をちょっと回ったばかりです。

パジャマの襟をつんつんと引っ張る〝着替え〟サインを出しながら、祥が挨拶を返します。

「あー！（おはようございます）」

「着替えますか？」

「うん！」

「じゃ、お薬の準備をしてから行きますから、一人でお部屋に戻っていてください」

これが五時前ですと、「お部屋に戻って静かに過ごしていてください。皆さん、まだお休みですから」となることもあるのですが、今朝は着替えが出来るようです。

木元さんが目薬と手足に付ける塗り薬と体温計を持って部屋に行くと、ベッドの上に服が置いてありました。

「すごいですね。祥さんが選んだんですか」と木元さんが大げさに驚いてみせます。

「うん!」と祥が得意そうに返事をします。

まず、祥が着たいと思う服をタンスから引っ張り出しておきます。それから夜勤のスタッフと一緒に、「今朝はちょっと寒いので長袖にしましょう」とか、「暑くなりそうですから半袖の方がいいんじゃないかなあ」なんて話し合いながら、その日の服を決めるのだそうです。

毎朝、そうしています。

木元さんは五棟スタッフの中でもベテランさんの一人ですから、祥のことはなんでも知っています。一人前に扱ってくれるのは有り難いのですが、その分、接し方も厳しい人だと祥は感じています。

木元さんが言いました。

「着替える前にトイレに行って来てください」

他ならぬ木元さんの指示ですから素直に従います。祥だって、人を見て行動するのです。

トイレ↓着替え↓検温↓投薬↓手洗い↓くつろぎタイム↓朝食
これが起床から朝食までのおおよそのローテーションです。

毎朝の投薬は、目薬と傷薬などの塗布です。祥には角膜水腫《かくまくすいしゅ》という目の持病がありますので、予防薬としての目薬を処方されています。

塗り薬は二種類です。ひとつは手首に塗る傷薬です。自傷などによって付いた傷口に塗ります。もう一つは乾燥肌用の塗布薬です。起きがけと入浴後の一日二回全身にたっぷりと塗り込んでもらっています。一日の初自傷・初他害が起きる可能性があるのも、このタイミングです。目薬をさすのが嫌《いや》だった、着替えの際に腕が袖にうまく通らなかったなどのイライラが自傷の引き金になって、その興奮が他害に繋がるというのがよくあるパターンです。

もちろん、自傷も他害もない平和な朝もあります。

このローテーションの間に三つのことを夜勤さんに確認するのが、毎朝の祥の習慣になっています。

最初の確認は、〈茂雄さんは、もう起きてる?〉です。

仲良しの男性入所者さんが起きているかどうかを尋ねます。

「起きていますよ」という答えだったら、素早く着替えを済ませて、「おはよう!」の挨拶をしに行きます。

「まだ眠っていますよ」だったら、

〈つまんねえの！〉とばかりに二度寝を決め込んだりすることもあります。

二つ目の確認は、〈配膳さんは、もう来てる？〉です。

朝食の準備が始まっているかどうかの確認です。祥は朝食を楽しみにしています。誰かさんに似て朝からがっつり食べられる体質なのでしょうか。それもそうでしょうが、夕食を食べ残すことが多いようで、そのせいでお腹が空いているのかもしれません。

いずれにしても、決まって六時半過ぎに配膳さんがカートを押すカタカタという音が聞こえてくると、〈配膳さんに挨拶したい〉と張り切っています。

そして三つ目の確認は、〈朝の引き継ぎ、今日は誰？〉です。

引き継ぎというのはスタッフの切り替え時に行われるミーティングのことです。

祥はその打ち合わせが毎朝職員室で行われていることを知っていて、〈今日の引き継ぎ者は誰？〉と尋ねるのです。スタッフが、たとえば「中島さんよ」と答えると、自分の鼻の頭を指さす〝私〟サインと、フガッ！　っと鼻を鳴らす〝眠る〟サインを組み合わせて、「祥さんはよく眠っていましたって引き継いでおいてね」とお願いしたりするのだそうです。

「ある日なんかはですね」と木元さんが、こんな愉快なやり取りがあったと話してくれました。

〈木元さんはいつ帰るの？〉

「朝ご飯を食べたら帰りますよ」

「ん！（だめ）」

「どうしてだめなんですか？　木元は早くお家に帰って眠りたいんです」

「ん！（だめ）」

「じゃ、どうすればいいんですか？」

〈わたしにコーヒーを出してから帰って！〉

思い出し笑いをしながら木元さんは言いました。

「おかしくって笑っちゃいました。だから私、祥さんとお話しするの大好き！」

こんなこともあったんですよと、木元さんの祥エピソードは続きます。

目薬をさしたり検温をしたりという毎朝恒例のお世話をしていたときのことです。祥が手首を指さす〝時計〟サインを出してこう言ったそうです。

「もう引き継ぎの時間じゃない？　早く行った方がいいよ！」

木元さんが言いました。

「祥さん、優しいんですね。心配してくださってありがとうございます。でも、祥さんのお世話が終わったら行きますから大丈夫ですよ」

すると祥は、うれしさ余って「ぎゃー！」っと叫んでのけぞって、木元さんが一時《いっとき》も早く引き継ぎに行けるようにてきぱきと着替えをしていたそうです。

支援スタッフの勤務シフトには、日勤、遅番、夜勤、早番の四つがあります。この四つをスタッフが回り持ちすることによって二十四時間の生活支援態勢を実現させています。

その日、誰が、どのシフトに入っているかは、デイルームに掲出されている顔写真入りのシフト表を見れば分かるようになっています。

祥の〈今日の引き継ぎは誰？〉という質問も、〈伊藤さん、よく眠ってましたって引き継いでね〉と言うのも、そんなシステムで同園が運営されていて、しかもシフトとシフトの間には必ず「引き継ぎ」と呼ばれる情報共有時間があることを知っていてのことなのです。

ちなみに、日勤の勤務時間は、朝の八時半から十七時十五分までで、入所者の朝食直後から働き始めて、日中活動を支援し、入浴支援、夕食支援をして勤務を終えます。遅番は十一時四十五分から二十時三十分までです。昼食支援から入浴・夕食・就寝支援までが勤務内容になります。夜勤は十六時から翌日の朝九時までが勤務時間ですから、夜勤明けは朝食支援を終えてからです。その後を引き継ぐ早番の勤務時間は七時十五分から十六時までですから、朝食支援から日中活動支援が主な仕事になります。

さて、朝の着替えが済んだところまでお話ししました。これから朝食までの時間をどう過ごすかが問題です。朝食は八時からですから、たっぷり二時間ほどあります。時間がある→退屈をする→床にうつ伏せになって拳《こぶし》で顔や頭をグリグリする→自傷をする→他害に発展する。

このパターンは避けなければなりません。

そのためにスタッフの皆さんは苦労をするのです。

「もう一度ベッドに潜り込むことも多いんですよ」と木元さんが教えてくれました。二度寝です。祥は早起きをしても、必ずしも直ぐに活動を始めるというわけではないようです。ベッドに横になって、掛け布団をポンポンと叩きます。

「肩までかけて！」というサインです。そして、

「ママ！」と言います。〈ママのテープを聞きたい〉。そう言っているのです。

ほとんど毎朝のことですからスタッフも心得ていて、〝ママのテープ〟をセットして部屋を出て行きます。スタッフにしてみれば、朝早くからデイルームでうろうろされるよりも手間がかかりませんから、「喜んで！」って感じなんだろうと、正直なところそう思います。

〝ママのテープ〟は、祥のお大事グッズのひとつです。入所するときにラジカセと一緒に持ってきました。

カセットにテープを入れて、「再生」ボタンをポン！　と押すと、ママの声が祥に呼びかけ

ます。

「さっちゃん、おはよう〜！」

すかさず祥が答えます。

「あ〜あ！（おはよう！）」

〝ママのテープ〟の内容は、祥への語りかけに始まって、歌あり、絵本の読み聞かせあり、甥っ子たちの子どもの頃の元気な声あり。最近になって〈パパの声も聞きたい！〉とうれしいことを言ってくれたと聞いて、新たにぼくと妻とのトークを吹き込んだテープを渡しました。祥はそのテープのことを〝パパのテープ〟と呼んでいます。

その他、園でもスタッフや入所者さんの声を録音したテープを作ってくれて、あれやこれや数本のテープを祥は持っています。

二度寝の床の中では、〈〝ママのテープ〟を聞かなくっちゃ、一日は始まらない！〉って感じだそうで、つい寝過ごして、朝ご飯に遅刻してしまったなんてこともあったようです。〝ママのテープ〟は、祥の睡眠導入剤であり、精神安定剤でもあるのです。

中島さんも、祥とテープについてのこんなエピソードを聞かせてくれました。

起床後、テープを聞きたいとのことでしたので、ふざけてラジオを点けて、

「ママのテープですよ」と言うと、

「ん！〈違う〉」と言っていました。

それで改めてお母さんのテープをかけると「きゃははははーっ！」と笑っていました。打てば響く！　この辺りが「祥さんとのお話は楽しい」と言われる所以なのでしょう。

そんな祥なのですが、しつっこいのが玉に瑕《きず》です。

せっかく点けてもらった〝ママのテープ〟を勝手にオフにして、〈聞きたいからもう一度点けて！〉と、職員室まで行ってお願いします。起床間際、就寝間際の、ただでさえ忙しい最中に何度も居室に足を運ばされるスタッフは堪《たま》ったものではありません。

しかもテープをオフにするのは、どうやらスタッフを部屋に呼ぶための口実らしいということが分かって、こんな『寝る前の四つの約束』というルールが出来ました。

①　おしっこはトイレですること
②　お部屋を出たときはひとりで戻ること
③　テープのラストオーダーは夜九時まで
④　ムカつくことがあっても自傷・他害しないで言葉で伝えること

ひとつ目の約束は、失禁についてです。最近になって少なくなりましたが、入所したばかりの頃はかなり頻繁にベッドを濡らしていたようです。時には部屋の前の廊下でしていて、これにはトイレに間に合わなかったという場合と、スタッフを呼ぶための故意の失禁だったという場合とがあったようです。
ここでクイズを一問！　ヒントはスタッフが使う隠語です。
レーズン
ビー玉
バナナ半分
さて、これらはなにを例えたものでしょうか？　三択でお答えください。
① 好きなものランキング
② ひと口の量
③ うんちの大きさ
いかがですか？

正解は③の「うんちの大きさ」です。

『祥さんの生活記録』を読むと、この他に小石、ピンポン球、拳に例えられていることもあります。

祥は便秘症です。三日、四日無いこともざらなようで、さすがに四日目ともなると、『便秘四日目のため、お茶にラキソ八滴をセットしています』（平成二十九年一月十八日）なんて記述が頻繁に目に付きます。そして祥が排泄した量が、「レーズン一粒分ほど」「ビー玉くらい」

と表記されて、「バナナ大、便秘解消！」となるのです。
排泄のことを書かせたら追随者なし！　と言うとご本人には失礼ですが、思わず「上手い、座布団一枚！」と声をかけたくなるような書き手がいます。
たぶん、堀田亜也子さんだと思います。間違っていたら、ごめんなさい！　ですけど。
傑作なのは、次のような表記です。
『入浴前に、「競争！」の声かけをしてトイレへ。排尿後に、「この後は直ぐにお風呂ですから、うんちするなら今がお勧めです」と声をかけると、踏ん張って本日三回目の排便。良い便形状でした』（平成二十九年一月十八日）
『十一時頃に声かけし、スタッフと競い合うようにトイレに向かっている。最初は排尿のみでズボンを上げようとしていたが、「ここからトイレ掃除、昼食など、一時間半ほどはトイレが使いづらいと思います。是非、踏ん張っていってください」と声かけすると、再度便器に腰掛け、踏ん張り、排便あり』（平成二十九年一月三十一日）
堀田さんには、これまたトイレに関するおもしろいエピソードがあります。

ある日の就寝前の出来事です。遅番の堀田さんが祥に声をかけました。

「祥さん、トイレに行きましょう」

「ん（ない）！」と、祥は拒否しました。

「きっとあると思いますよ」

不服そうな顔をしながら、でも祥は渋々便座に座りました。案の定、たっぷり排尿がありました。堀田さんがペーパーを手にして言いました。

「お尻、拭きますよ～」

すると祥が、鼻の頭を指さす〝私〟サインを出して、

「わたしがやる！」

そう言って、堀田さんからちり紙を受け取るとごしごしと自分で拭き取りをしました。

「祥さん、すごいですね！」と堀田さんが褒めると、祥が、「ママ！」と、ひと言。

「ママに伝えといてね！」と言っているのです。

部屋に戻ってベッドに入る準備をしていると、当直の山橋洋子さんがやってきました。

堀田さんが祥に聞きました。

「山橋さんに、さっきのこと話します？」

「うん！」と祥が答えたので、堀田さんが山橋さんに伝えました。

「すご～い！」

山橋さんが大袈裟にびっくりしてみせると、祥は「うふふ」と笑って、満足そうにしています。それで、堀田さんが本気半分、冗談半分で言いました。

「生活記録に書いて皆に褒めてもらいましょうか」

祥は、ゲラゲラ笑っていました。


『寝る前の四つの約束』の二つ目は、寝付けないで何度もデイルームにやって来ては、その都度スタッフと手を繋いで自室に戻りたがる祥のためにできた約束です。

三つ目の「テープのラストオーダー」については先ほどお話しした事情による約束です。そして四つ目の「自傷・他害」の約束は、『〔くつろぎタイム〕退屈は祥の大敵』で詳しくお話しします。いずれにしても、スタッフの皆さんのうんざりぶりを十分にうかがわせてくれる〝約束〟ではありあります。

ハラハラ、ドキドキ、トホホがいっぱい

「ママに伝えといてね！」

「生活記録に書いて皆に褒めてもらいましょうか」

祥と堀田さんの間で交わされたこの会話こそ、ぼくらが祥の生活ぶりを知る貴重な情報源の一端です。祥は、ぼくらがスタッフの皆さんと連絡し合っているのを知っています。だから「ママに伝えといてね！」と言うのです。

スタッフの携帯電話が入っているジーンズのお尻をポンポンと叩いて、〈電話、持ってるんでしょ！〉と言うそうですから、電話で連絡し合っていると思っているのでしょう。

と、思っていたのですが、スタッフが「ママにもメールしておきますね」と言ったら喜んでいましたという記述も『祥さんの生活記録』（堀田さんの言う「生活記録」です）にありますから、メールという手段があることも知っているようです。

ぼくらが祥の様子を知る主な方法は、祥のご明察通り電話とメール、そして面会時の観察と『祥さんの生活記録』の四つです。

電話は、最近はめったに使いません。緊急の用事などでやむを得ずかけたときなどに、「ところで祥は元気にしてますか？」と、ついでに話す程度です。

でも、入所直後の一週間ほどはもっぱら電話でした。

妻からは「しっかりとご飯を食べていますか」とか、「よく眠っていますか」といった体調面の心配や、スタッフや他の入所者さんとの関わりについて尋ねることが多かったようです。

スタッフからは、接し方へのアドバイスを求める質問が多かったようです。

たとえば入浴や着替え時の留意点についてのお尋ねには、いきなり身体に触れられるのが苦手ですから、「頭を洗いますね」とか「今度は身体を洗いましょう」など、しっかりと声かけをしてから接してくださいとアドバイスしました。

その反映が先ほどのトイレの場面、

『堀田さんがペーパーを手にして言いました。

「お尻、拭きますよ〜」』に活かされています。

おうちに帰りたいとか、『あゆみの家』にはいつ行くのかと聞いてきたら、それは「わたしはずっとここにいるの？　それともいつかおうちに帰るの？」と半信半疑で戸惑っているのですから、あいまいな返事をしないで、さりげなく「祥さんのおうちはここですよ」と答えてくださ い。祥にはあいまいさがストレスになります。そんなアドバイスをしていたと記憶しています。

急ぎの用件でない限りメールを多用しているのは、都合のいい空いた時間に連絡し合えて便利だという理由からです。なにしろ支援スタッフの皆さんは忙しいのです。

こんなやりとりもメールで充分です。

「今年の年間外出について、どこに出かけようか検討中です」というメールが祥の担当スタッフから入りました。年間外出とは、年に一度の宿泊外出のことです。

妻は、次のように返信しました。

「慣れない旅館やホテルでの宿泊は、環境の変化に弱い祥には楽しいどころかストレスになりかねません。年間外出に代わる案を考えていただけますか」

何日か経って、こんなメールが返ってきました。

「いろいろと検討させていただいた結果、『美味しいパスタを作ろう！　の会』を開催することになりました。祥さんと一緒に近くのショッピングセンターで食材を買って、新しくオープンしたグループホーム『しえる』のデイルームを使用してパスタやデザート作りをする計画です。麺を作る機械をレンタルして、パスタも手作りします。

日帰り温泉や外食も考えたのですが、せっかくなら新しいことにチャレンジしていただきたいと思い、調理活動を行うことにしたのです。どのような反応をしてくださるのか不安な部分もありますが、楽しんでいただけるように工夫します。また、当日の様子などご報告させていただきます」

麺をこねこねしたり、卵をかき混ぜたり、野菜や果物を型抜きしたり。当日は仲良しの入所者さんも加わって楽しく過ごせたようです。自分で作ったパスタやサラダは、きっと美味しかったんでしょうね。口の周りをべとべとにしてパスタを頬張っている写メが妻の携帯に送られてきました。

祥の生活ぶりを知る三つ目の情報源は、面会時の観察です。

面会に行けば自分の目で見て確かめて、あるいは職員の方々の生の声に接することが出来るのですから、祥の様子を知るには絶好の機会です。

ぼくらは月に一、二度祥を訪ねています。そのとき意識して見ているのは、祥の顔つきと手首の自傷跡です。穏やかな顔をしているとき、尖った顔つきをしているとき、手首の傷跡がきれいに乾いているとき、じくじくとしているときなど、時によっていろいろです。そしてそれがそのまま祥の精神状態のバロメーターになっています。

面会日をどう過ごしているかについては、後頁の『〈面会〉〆は必ず「マックでポテト！」』で詳しくお話ししていますので読んでください。

情報源の四つ目は、『祥さんの生活記録』です。そこには朝起きてから夜寝るまでの、いえ、眠ってからの深夜の様子まで、二十四時間に亘る祥の行動がほとんど一時間単位で、しかも何人ものスタッフの目を通して記述されています。

ぼくらは、この記録を毎月もらっています。七年の間に溜まりに溜まった記録は半端な量ではありません。この本を書くために読み返したのですが、たっぷり三か月以上かかりました。ということで『祥さんの生活記録』は、文字通り祥の生活を知るための一級品の資料なのですが……。おねしょのことや自傷、他害のことまでが克明に記録されていますので、読んでいるぼくらとしては、ハラハラしたりドキドキしたり。スタッフの皆さんの温かいというか、辛抱強い対応に恐縮したり、トホホだったりの連続です。もちろん、スタッフや他の入所者さんとの心温まる交流の記述や愉快なエピソードも出てくるには出てくるのですが、それ以外はほとんど冷や汗ものです。ともかく、祥の園での生活をご紹介できたのは、いつにかかってこの生活記録のおかげと言っても過言ではありません。

ちなみに、祥が「ママに伝えといてね！」と言うのはこんなときです。

『他の入所者さんと一緒に管理棟まで散歩に出かけています。自販機でコーヒーを購入し、一気に飲まれた後、スタッフがなにも言わないのに、立ち上がって、空き缶をゴミ箱に捨てています。拍手をすると、「ママ！」と仰り、「これはママに報告しなきゃ！ ですね」と言うと、うれしそうにしていました』（平成二十七年八月二日）

『お部屋に内鍵を付けたので、開け方を練習しています。職員が部屋の外に行き、鍵を開けるようお願いすると、練習したとおり鍵を回していました。「素敵！ またひとつ、出来ることが増えましたね」そう伝えると、「ママ、ママ！」と嬉しそうに仰っていました。施錠はまだお一人では難しそうでしたが、祥さんの能力から言って何回かやれば閉められそうです』（平成二十八年五月一日）

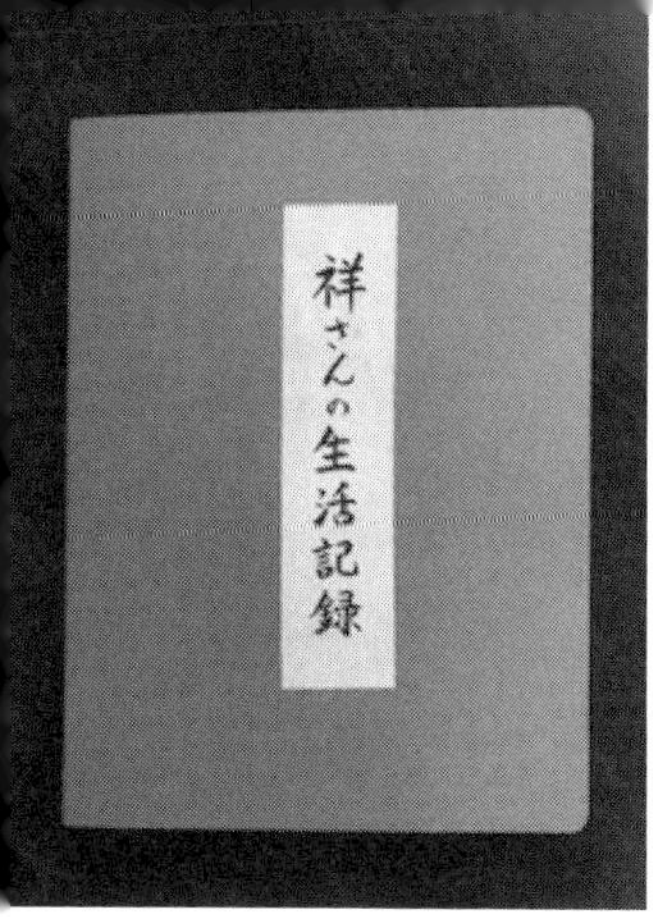

毎月いただく『祥さんの生活記録』を、僕らはバインダーに綴じて大切に保存しています。

『七時近くになり、着替えており、脱いだパジャマをスタッフが洗濯カゴに入れようとすると、〝わたしがやるよ〟とのこと。「他の方のお手伝いがありますから、お一人でお願いしてもいいですか」と尋ねると、「うん！」

スタッフが離れてしばらくするとデイルームに出てこられたので、「洗濯物、出せましたか」と聞くと、ニヤリとしながら、「うん」と静かに返事をしている。その後確認すると、しっかりと居室からトイレの洗濯カゴまで衣類を運び入れてありました。夜勤男性職員と一緒にお褒《ほ》めすると、満面の笑みで「ママ！」と言っていました』（平成二十八年六月三日）

この「ママに伝えといてね！」も、いいときばかりではありません。次のようにスタッフが逆手を取って使うこともあります。

『夜間、三度ほど職員室に来ています。内二度はズボンとパンツを脱いでいます。一緒に部屋に行くと、床が尿でびしょびしょになっています。「ママに報告します。良いことを報告できるようにしましょう」と言うと、しょんぼりした様子でベッドに入っています』（平成二十七年三月二十九日）

2――［朝食］食堂には、いつも一番乗り

食堂の扉が開いて、味噌汁のいい匂いがぷーんとデイルームまで漂ってきました。食器の触れあう音も配膳室から聞こえてきます。

朝八時、朝食の時間です。

〈おなか、すいたー！〉

扉の前に陣取っていた祥が、待ってました！　とばかりにヨッコラショと立ち上がりました。

五時から起きてるのですから、さすがにお腹も空いています。

今朝も食堂一番乗りは祥でした。

食堂には十人ほどがゆったりと座ることが出来る大きめの丸いテーブルが一卓と、なぜか、いつも床に座って食べている茂雄さん用の座卓がひとつ。それに部屋の三隅に一人机があって、そこはパーティションで仕切られています。それぞれの障がいに合わせて、たとえばパーティションで目隠しをされた壁際の席は自閉症の人のためのものであり、一人だけですが自分の部屋で食べる人もいます。

祥は大テーブルの右端窓際、食堂と厨房を仕切っているカウンターを背に座っています。そこが祥の定席です。

テーブル席で一緒に食べるのは、男性四名、祥を含めて女性二名、合わせて六名です。

幹雄さんは車椅子のまま席に着いています。とても穏やかな方で、いつもにこにこしています。正一さんは目が不自由です。スタッフがご飯やおかずを小皿に取り分けると、手探りで小皿を手にして上手に自分で食べます。信夫さんはスキンヘッドです。歯がないのかいつも口をもごもごさせています。もうひとり車椅子のまま席に着いているのは健司さんです。健司さんは祥と仲良しで、彼の車椅子を押して散歩をすることもあるそうです。幸恵さんは、祥と同室の年配の女性です。食事の間も人形を抱きしめて離しません。

この六人の間にスタッフが一名ずつ入って食事のお世話をします。

夜勤だった木元さんも自分用の朝食をトレイに乗せて丸テーブルに着いています。でも食べることに専念出来るわけもなく、箸の進まない入所者に励ましの声かけなどをしながらの朝食になります。もちろん食事の内容は入所者と同じです。今朝の献立はカレイの煮付けとキュウリと竹輪の酢の物、それにご飯とカボチャの味噌汁です。

同じといえば、誰のトレイにも一見同じものが並んでいるように見えますが、中島さんによると各々違うのだそうです。祥のも例外ではありません。

「どうですか。違いが分かりますか」

「さあ？　どこでしょう」

「祥さんのは具材が小さめになっているはずです」

「確かに、そうですね」

「軟菜食なんです」

「ナンサイショクですか？」

「はい、軟菜食のランク一です」

「……」

「軟菜食には三段階ありまして、祥さんのは一番普通食に近いランク一なんです」

「そうなんですか」

「具材が小さ目にカットされていることを除けば、普通食よりも柔らかめに調理してあるといった程度ですので、ちょっと目にはほとんど見分けが付きません」

食事の邪魔にならないように食堂の片隅に席を移して話の続きを聞きました。

「どうして軟菜食なんですか」

「入所当時の祥さんは、ほとんど噛まないで丸呑みにしていらっしゃいました」

「そうですね。家でもそうでした」

「ですから、以前はよくゲホッてむせていらっしゃって、食べづらそうでした。具材が大きすぎたのだと思います」

「ええ、ええ、そうかもしれませんね」

「それでお母様とも相談して軟菜食に切り替えたのです」

「あっ、女房はこのこと知ってるんですか」

「もちろんご存じです。軟菜食に変えたのは、もう一年ほど前からなんですよ」

ご存じなかったんですか？　言外にそう揶揄《やゆ》されているようで、ぼくは一瞬ぽかんと中島さんの小顔を見つめていました。そして、

「知らぬは父さんばかりなりですね」と苦笑いするしかありませんでした。

「昨日の昼食は祥さんの大好きなお蕎麦だったんですが、天ぷらが汁に浸っていて食べやすかったようでした」

今回の軟菜食への切り替えも、園と妻との間で計画され、実施に移されたのです。しかも、一週間のお試しを経て、極めてスムーズにです。

「そうなんだって？」と問いただすぼくに、妻は中島玲子さんとのやり取りが残るモバイルフォンのメールを見せてくれました。

お母様へ

「先日お話しした軟菜食へのお試しを七月一日からの一週間で行いたいと思っています。白米、麺類は祥さんのお好みに合わせて常食で提供する計画です。どのような反応をされるか不安ですが、様子を見させていただこうと思います」

中島玲子様

「ご連絡ありがとうございます。今までと同じように食べているとのこと、この調子なら、うまくいきそうですね」

お母様へ

「お試し期間の一週間が過ぎました。祥さんはなんの抵抗もなくよく召し上がっています」

中島玲子様
「首尾は上々と言ったところですね。このまま正式移行しましょう。配膳されたときの盛り付けなど、どんな感じか見たいと思います。写真を送ってください」
お母様へ
「本日の朝食より軟菜食のランク一に変更しています。写メを添付しました。お母様からいただいたお皿で提供すると、〈ママからもらった皿だね〉とうれしそうにされていました」

ぼくと中島さんとのやり取りに戻ります。

「祥は軟菜食に変わったことに気づいていますか」

「どうでしょう？　たぶん気づいていらっしゃらないと思います。食べやすくなったなとは思ってらっしゃるかもしれません。隣で召し上がっている健司さんのは普通食なんですが、どうですか？　違いが分かりますか」

「見分けが付きませんね。でも、家にいたときよりも食べるペースが速いような気がします」

「あっ、それです！　実は、それが今の課題なんです。飲み込みがスムーズになりましたし、むせることも少なくなりましたが、その分ちょっとハイペースになっています」

「速すぎるってことですか」

「そうなんです。スプーンですくった際の手応えが普通食よりも少ないせいなのか、固形物で口がいっぱいになるという感覚が薄くなったせいなのかよく分かりませんが、以前よりも食事をかき込んでいらっしゃるようなのです。それで『半分に分けましょうね』と声かけをして、ひと口分の量を調節したんですが……」

「嫌がるでしょう？（笑）」

「はい、ご不満だったようです。スプーンのお腹でペシペシと腕を叩かれちゃいました（笑）」

「スプーンを小さいものに替えたらどうでしょう？」

「あっ、そのアイデアいただきです。祥さんが今使っていらっしゃるのはポムポムプリンのスプーンですよね」

「それをティースプーンに替えるとか」

「いいかもしれません。どうしてそのことに気づかなかったのかしら？　ありがとうございます。試してみます。でも、祥さんがオーケイしてくださるかどうか？　長年愛用しているスプーンが替わることに拒否がなければいいいんですが」

お食事タイムは〝極楽タイム〟

カン、カン、カンというスプーンの腹で食卓を打つ音が聞こえてきます。

犯人は祥です。すぐに分かりました。家にいるときからやっていました。遊び始めたのです。茶碗や皿が空になると、それを食卓に打ち付けたり、指先でクルクルと器用に回したりする遊びを始めるのです。食事中にです。

見方を変えれば、茶碗が空になったってことは順調に食事が進んでいることにもなるのですが、困ったものです。ここでもやっているのですね。

「祥さん、うるさいですよ！」

案の定、スタッフに叱られました。

「あー（ごめんなさい）」

祥が深々と頭を下げて謝っています。この素直さが祥の取り柄です。そして、なにかふざけたことでも言ったかしたのでしょう。食卓からワッと笑い声が起こりました。釣られて笑いながら中島さんが言いました。

「祥さん、楽しそうですね」

「ええ、本当に」と、ぼくが答えました。

「祥さんは三度の食事をなによりも楽しんでいらっしゃるんですよ」

「正確には食事時間を、ですね」

「そうかもしれません。食べることよりも人との関わりが楽しいんでしょうね」

「そうですね。食事のときは大勢が近くに一緒にいますから、人との関わりがなによりも好きな祥にとっては極楽タイムなんでしょうね」

一も二もなく、ぼくは中島さんの言葉に同意しました。それを証明する微笑ましいエピソードを中島さんが話してくれました。

「ある日の昼食でのことでした。デザートにプリンが出たんですね。

祥さんは普段はデザートを残すことが多いのですが、珍しくお気に召したのかペロリと完食して、隣で食事をしていたスタッフのを指さして〈ちょうだい！〉と仰ったんです。

そうしたらスタッフに、『だめです！　これ大好物なので私が食べます』って断られてしまったんです。祥さんはそれはそれはがっかりされて、その顔のかわいらしかったこと！

ちょうだい！　で思い出したんですが、これもある日の昼食での出来事でした。

ゼリーを半分残したところで私を呼んで、石田さんにこれをあげたいと仰ったんです。ご自分で渡すのは恥ずかしそうでしたので、私が代わりに届けました」

「石田さんって、あのマッチョな石田さん？」

「そうです。五棟の新人スタッフで石田祐介と言います」

「よく知ってますよ。学生のときからボランティアで来てましたよね。サンタクロースの衣装が印象的です」

「そうです、そうです。先ほどのプリンの話じゃないんですが、祥さんはほしがることは時々あるんですが、『あげる！』と仰ったのは初めてでした。石田さんの話では前の日に給食のケーキを差し上げたのだそうです。『そのお礼かな？』と言っていました。祥さんは石田さんのことがお好きなようなんです」

「分かります。祥は若い男性が好きですから」

「スタッフだけでなく、他の入所者さんとの関わりも食事中に楽しんでいらっしゃいます」

そう言って中島さんは『祥さんの生活記録』を読んでくれました。

『だし巻き卵やこんにゃくの煮物など、すべてきれいに完食しています。近くに座っている信夫さんの食欲がなかったため「一緒に応援してください」とお願いすると、手を振りながら「がんばれ！」と応援してくださっています。おかげで信夫さんが副菜を食べることが出来ると、スタッフと一緒に両腕を上げて「バンザーイ」と喜んでいらっしゃいました』（平成二十七年四月二十九日）

祥のムードメーカーぶりをよく表している記述もあります。

『朝食後、配膳の方がテーブルを拭いていると、にこにこしながら「あっぱ！」と挨拶しています。配膳さんが近くに来ると、「私のところも拭いていいよ！」といった様子で両腕を上げています。「祥さんありがとうございます」とお礼を言われると、うれしそうにしていました』（平成二十七年三月二十九日）

そんな人好き、いたずら好きが過ぎて、こんな勇み足もやらかしています。

『スタッフが他利用者さんの服薬支援で席を離れた隙に隣に座っていた幹雄さんのお盆から副菜の入った皿を取り、少し食べてしまっています。「これは他の人の食事ですから食べないでほしい」と伝えています。本人は笑っており、いたずら感覚だったと思われます』（平成三十一年四月十一日）

祥はブラックコーヒーがお好き

それにしても祥がケーキやプリンを食べているというエピソードにはびっくりさせられました。ぼくらと生活していた当時の祥は、食事以外の食べ物を、たとえばお菓子類のことなのですが、口にすることはほとんどありませんでした。

　あるとき、もちろん冗談にだったのですが、「さっちゃん、もう大人なんだからビールでもどう？」と勧めたことがあります。

　祥は両手をぐっと突き出して、

「う〜ん！（まだ早いよ）」と真剣な顔つきで拒否していました。

　そのときの彼女はとうに三十を過ぎていたはずなのですが（今現在の祥は四十三歳です）、いったい自分のことを何歳だと思っているのでしょうか。

　そのくせコーヒーには目がなくって、散歩に出るごとにコンビニで、雨などが降って外出できないときは管理棟の自販機で缶コーヒーを買って、プチッとプルを引き開けて「プハー！」とやっているようです。以下、『祥さんの生活記録』の証言です。

『管理棟で飲物を買っています。自販機の飲物をひとつずつ読み上げると、どれも「ん！」と断られ、やっぱりコーヒーがいいようです』

　これが平成二十七年八月二日の記録ですから、町田福祉園に入所して三年後にはもういっぱしのコーヒー党になっていたのです。

　最初にその話を聞いたときのぼくらの反応は、異口同音に「えー、信じられな〜い！」でした。ぼくらの知っている祥の飲物と言えば、明けても暮れても牛乳でした。それに、暑い季節になると麦茶か水が加わる程度で、それを溺れそうな顔をしながら飲んでいたものです。「その祥がねえ！」と、ぼくらとしては当惑しきりなのですが、しかもそれがインスタントコーヒーなるものが棟にあることを知る以前からのヘビードランカーだったと聞いて二度目のびっくりです。

五棟の食堂に常備されているインスタントコーヒーは、いつでも飲めることを知ってからは日課のようにして飲んでいます。しかもどのくらいの頻度で飲んでいるかというと、同じく『祥さんの生活記録』に次のような記述があるほどですから、かなりです。

『歯磨きの際、左右の歯（頬の辺り）が黒ずんでいるのを発見している。虫歯というよりも着色といった印象。毎朝歯磨き後に飲んでいるブラックコーヒーの影響？　念入りに磨いている』（平成三十年十二月一日）

えっ、ブラックなの～？　これには未来姉ちゃんも亜美姉ちゃんも異口同音に「さっちゃん、大人～！」と、三度目のびっくりです。

間食、つまり三度の食事以外の、お菓子などの嗜好品を食べるようになったのも園に入ってから新しく加わった習慣です。どうして家では間食をしなかったのでしょうか。いろいろと考えてみたのですが、なぜなのかよく分かりません。

祥は生まれて半年後くらいから一歳半になる頃まで、胃の中に鼻から管を通して栄養を摂取していましたので（鼻腔栄養と言います）、そのせいで味覚が十分に発達しなかったのか？ いえいえ、そんなことはありません。サラダだってドレッシングなしで美味しそうにむしゃむしゃ食べていますから、野菜の微妙な味の違いも分かるのです。ぼくと比べても遜色のない、いえ、むしろ優れた味覚の持ち主です。

強いて言えばお菓子類に興味がなかったということでしょうか。お菓子類を食べる習慣がありませんでしたので、それが美味しいものだということも知らないで育ったのかもしれません。間食なんてしなければしないで済むことですし、健康面から言っても百害あって一利なし（？）なものですから、園の生活で余計なことを知ってしまったと言えなくもありません。

そんな町田福祉園犯人説を示唆する記述が『祥さんの生活記録』に残っています。

『テラスで他利用者様とコーヒーを飲んでいます。「半分残しましょう」と、チョコレートを渡している。最初は、あまり興味を示されませんでしたが、他の利用者様が食べているのを見て、「私も食べる」とにこにこしながら召し上がっています』（平成三十年一月九日）

ではどんなものを間食しているのでしょうか。

『ドライブの途中でコンビニへ。バームクーヘンを買い、車中で黙々と食べています。管理棟の自販機でアイスカフェオレ。かなり渋い顔をしながらも、美味しかったのか飲み干しています』（平成二十五年六月二日）

この他、よく買う嗜好品は、『祥さんの生活記録』によると次の通りです。

飲物では、ブドウジュース、バナナジュース、麦茶、カフェオレ、ミルクセーキ、ミルクティー、ココア、ヨーグルトなど。お菓子類では、ポテトチップス、かっぱえびせん、クッキー、プリン、チーズ、ミニケーキなどなど。

要するに買い食いの楽しさを、あの歳になって知ってしまったということなのでしょう。また、子どもの頃に出来なかったことを今しているのですから、結構なことと言えばケッコーなことだとは思いますが。

ちなみにぼくらは父母会の席で毎月の出納簿をもらっています。いつ、なにに、いくら使ったかを細かく記した一覧表です。それによると、たとえば平成三十一年一月の祥は五千二百三十六円を使っています。支出内容は二分の一が飲物で二千六百八十四円です。この月の支出で特徴的なのはお守り代金の五百円です。近所の神社まで初詣に出かけた折りに買い求めたのでしょう。

それまでわたしは、なにをしてればいいの？

気がつくと、朝食が「ごちそうさま！」に近づいています。

正一さんはスタッフに介助されて、もう歯磨きをしています。健司さんは、食後の薬を飲んでいます。幹雄さんはスタッフに車椅子を押してもらって、デイルームに引き上げています。まだ席に残っているのは祥と幸恵さんの女性陣だけです。

祥が窓の方を指さして何か言っています。

「上手に目薬をさして、歯磨きがしっかりと出来たら見てきますね」と、もうすぐ夜勤明けの木元さんが答えています。

「なにを話してるんだろう」

ぼくのつぶやきに中島さんが応えてくれました。

「わたしの午前中の予定はどうなってるの？　って聞いていらっしゃるんです」

「予定ですか」

「いつ散歩に出られるのか。午前中にはどんな活動があるのか。それはいつなのかをお知りになりたいんです。いつも朝食のときにお尋ねです」

「なるほど。その気持ち、分かるなあ」

「それでスタッフが、目薬と歯磨きがしっかり出来たらスケジュール表を見てきますねとお答えしたんです」

なにが苦手って、祥にとってその最たるものが目薬と歯磨きです。それは時に、というよりもしばしば、というよりもほとんど毎回、祥の自傷・他害の主たる原因となっています。スタッフとしては当然この二つを無事にクリアしたいと思っていますから、「今日のスケジュールを教えて！」という祥の要求の見返りを、この二つのクリアに求めているのでしょう。

その気持ちもよく理解出来ます。祥とスタッフのせめぎ合いです。

そこへ、当直の木元さんから申し送りを受けた早番の小関千尋さんがやって来て言いました。

「今日のスケジュールを発表します」

食卓に座ったままの祥は、その声に背筋をピンと伸ばし、託宣を受ける子羊のような緊張の面持ちで小関さんの次の言葉を待っています。

小関さんが、ちょっと間を置いて言いました。

「午前中は十時から音楽活動に参加します。それまではお部屋でくつろいでください」

音楽活動という言葉を聞いたときには、〈やったー！〉と拳を振り上げていた祥でしたが、次の、「それまではお部屋でくつろいでください」にはがっくりと肩を落としていました。

（いつまでくつろげばいいんだろう。それまでなにをしてればいいんだろう）

朝食を終えて一日が始まったばかりの祥の頭の上には、早くも？・？・？・？のマークがいっぱい浮かんでいます。

3――〔くつろぎタイム〕　退屈は祥の大敵

「伯母ちゃん、さっちゃんにはボランティアが二人必要だよ！」

ある日、祥を一日外に連れ出してくれた姪の智子さんが、戻って来てそう妻に告げたのを覚えています。祥が養護学校の高等部に通っていた頃のことでした。

智子さんは祥よりも一つか二つ年長ですから、彼女も高校生だったか、あるいは高等学校を卒業して養護施設に勤め始めた頃だったかもしれません。

ちなみに彼女は従姉妹の祥の障がいに心を動かされて福祉の世界に入ったと聞いています。

智子さんの真意は、「一人では身が持たない」ということです。

祥は要求の多い子です。あっちへ行け、こっちへ行け。こうしたい、ああしたいと指示を出し続けて、介助者に息つく暇を与えません。だから、祥の要求に応えるには一人ではとてもムリで二人必要だと智子さんは言っているのです。それは今も変わりありません。

では、退屈するとどうなるのかというと、ぐりぐりを始めます。

ぐりぐりとは、床に伏せって、文字通り拳で顔や頭をぐりぐり擦《こす》る行為です。頬や顎の下が赤くなるだけでなく、時には腫れ上がったり皮膚が剥《む》けたりするほど繰り返します。自傷行為のひとつです。

祥には角膜水腫という目の病気があります。というか、そもそもその目の故障自体がぐりぐりによる目への過度の刺激によって誘発されたのではないかと思います。

そしてこれが続くと角膜が破れて失明する恐れもあると言われています。ですから直ぐに止めたいのですが、四六時中付き添っていて止めさせるのはほとんど不可能な話です。

そこでわが家では、せめて直接目を擦らせないようにとメガネをかけさせることにしました。

祥が十五、六歳の頃のことでした。

当時通院していた大学病院の眼科医は、

「障がいのある祥さんにはムリでしょう」と言って取り合ってくれなかったのですが、試しに家でかけさせてみると、案に相違して祥はすんなりとメガネを受け入れてくれました。「さっちゃん、メガネよく似合うね！」と褒《ほ》めちぎったり、学校の先生や施設の職員さん達にも、「かっこいいね！」とおだててやってくださいとお願いしたり。

祥をその気にさせるために、それなりの苦労をしたという経緯もあるにはあったのですが。ともかく祥は今でも嫌がらずにメガネをかけ続けています。それが功を奏したのかどうか、目へのダメージも多少は減りました。と、思います。

前ふりがずいぶん長くなりました。

朝食を済ませた祥は、十時から始まる音楽活動までの、いわゆる〝くつろぎタイム〟をどう過ごしているのでしょうか。正直なところ、祥にとってこの〝くつろぎタイム〟は退屈タイムでしかありません。なにをして過ごせばいいのか分からないのです。茂雄さんのぬり絵や紗都子さんの絵本のように、それさえあれば時間を持て余すこともなく過ごせるという好きなことや物が祥にはありません。ひとり遊びが出来ないのです。

祥の唯一の趣味は人と関わることですから、仲良しさんやスタッフとの関わりを求めて居室とデイルームを行ったり来たりしています。でも、運良く仲良しさんが見つからなかったり、手の空いているスタッフがいなければ、伏せってぐりぐりを始めるしかありません。

そこでスタッフの皆さんの、祥の退屈の虫との戦いが始まるのですが。

『祥さんの生活記録』には、次のような書き込みが頻繁に出てきます。


『ぐりぐりが激しいので、台車を押して管理棟まで物品を届けるお手伝いをしていただいている。外に出るとにこやかな表情で台車を運び、管理棟のスタッフに挨拶されているが、棟に戻ると途端に暗い表情になり、ぐりぐりを再開する』（平成二十八年八月八日）

退屈の虫封じの特効薬が、この外出です。名目はどうであれ、外に連れ出してもらえれば退屈の虫は一発で成敗出来ます。ここで言う物品の台車押しとは台車になにかを積んでどこかへ運ぶお手伝いです。台車置き場から台車を出すのはお手の物です。スタッフが手を貸そうものなら、その手を邪険に払いのけて、

「一人で出来るわよ。余計なことをしないで！」って感じだそうです。

「ときどき祥さんに叱られます」と笑う棟長の岸本順一さんは、

「コーナリングなんか、私なんかよりよっぽど上手ですよ」と笑います。

運ぶ物と場所は日によって違います。洗濯物ならサービス棟ですし、書類を届けたり郵便物などを受け取りに行くのなら管理棟です。他棟にお菓子なんかを運ぶこともあるそうです。

祥にとっては積み荷がなんであろうと、行き先がどこであろうとどうだっていいのです。なにかすることがあって、出来れば外に行けて、人に会えればそれでいいのです。

行き先が管理棟ならラッキー！　です。ついでに阿部GMや事務職員さんたちと朝の挨拶を交わしたり、握手を求めたり。ちゃっかり頭に手をやって「いい子、いい子してほしい」とおねだりすることもあります。

さらにラッキーなのは、時によっては、って結構頻繁なのですが、入所した日に打合せで使った自販機のあるコーナーでコーヒーなんかを買って飲みながら、スタッフや居合わせた他棟の入所者さんたちとおしゃべりが出来ることです。にもかかわらず、『祥さんの生活記録』には、「帰った途端に、またぐりぐりが始まります」と書かれています。特効薬には即効性は期待できても、持続性はないということなんでしょうね。

では、祥の退屈を紛らわしてぐりぐりを止めさせる方策はないのでしょうか。

中島玲子さんは言います。

「祥さんは小柄な方ですから、伏せっている身体を抱き起こしたり、ぐりぐりしている手を押さえたりしてやめさせることももちろん出来ます」

「でも、そうしていないんですね」

「はい。力で押さえると、却って自傷や他害に繋がります。出来れば祥さんの納得ずくで止めていただきたいのです」

「納得ずくで……、ですか」

「そうです。そうしていただきたいのです」

「出来ますか？　難しいでしょう」

「ぐりぐりのスイッチを自分でＯＦＦにするきっかけを提供できれば止められると思うんです」

「どんなことが、きっかけになりそう？」

「一番簡単でしかも効き目があるのは声かけです」

「でも、四六時中祥に付いて回って声かけするのはムリでしょう？」

「他のことをしていても、声をかけることぐらいはいつでも出来ます」

　中島さんは他の入所者さんの介助をしながら、片目ではいつも祥のことを見てくれているのだそうです。そして、ぐりぐりが始まったら「祥さん！」と声をかけます。その一言だけでパッと上体を起こしてぐりぐりをしなくなることもあります。でも、それだけではスイッチＯＦＦにはならないことが多くって、大抵はまたぐりぐりが始まります。

「そうしたらまた、『祥さん！』と声をかけます」

　中島さんはそう言って笑いながら、次の一手を話してくれました。

「祥さんは次の予定が分かれば待つことが出来るんです」

「いつまで待てば、たとえば散歩に出かけられるかが分かれば、ぐりぐりをしないで待てるということですか」

「そうです。それまで待てばいいんだと納得できればぐりぐりが止むことが多いんです」

「生活記録にも、『食後直ぐに、「私の予定は？」「コーヒーはいつ飲めるの？」とぐりぐりしていましたが、予定を伝えられると、それからはぐりぐりもなく落ち着いて待つことが出来ました』（平成二十九年十二月十日）という記述がありますね」

「大事なのは、具体的に頭の中に絵が描けるように伝えられるかどうかです。たとえば『十時になったら音楽活動に出かけましょう』ではだめなんです」

「どう言えばいいんですか」

「最近祥さんに受けたのはこう言ったときでした。『祥さん、私、職員室でお薬の準備をしてきますね。それまでひとりで遊んでいてください。ついでにトイレにも行ってきます。その後でお出かけしましょう』すると祥さんは、〈走って行ってきなよ！〉と私を急かせてくれて、ぐりぐりもしないで待てたんです」

　この話には落ちが付いていて、中島さんが職員室から戻ると、祥はニヤニヤしながら、こう言ったそうです。

自傷の原因は退屈だけじゃない

今から三十数年も前のことです。当時五歳だった祥は、近所の人たちから「中落合のナブラチロワ」と呼ばれていました。

ナブラチロワはウィンブルドン選手権を六連覇するなど、一九七〇年代、八〇年代を代表するチェコスロバキア（当時）出身の女子プロテニス選手です。

彼女は手首にリストバンドをして試合に出ていました。流れる汗でラケットを持つ手が滑らないようにとか、手首を怪我から守るためだと聞いていましたが、それはともかくとして、そのファッションは当時のぼくらの目にはカッコよく映ったのです。

で、祥にも包帯の代わりにリストバンドを着けさせました。祥が「中落合のナブラチロワ」と呼ばれていたのは、そのせいです。

さて、自傷とは意図的に自分の身体を傷つける行為です。壁に額を打ち付けるとか、拳で壁を殴るとか、あるいは自分の髪の毛を抜くとか、その内容は人それぞれです。

祥は手首を噛みます。

手首を守るリストバンドは、その後いくつかの変遷を経て今では手甲《てっこう》になっています。昔の人が旅に出るときに手に着けるアレです。茶摘みをする女性も着けていますね。その手甲です。祥の手甲はママのお手製です。布地に花や動物なんかをあしらったかわいらしい刺繍が施されています。ひと針ひと針、ママの祈りが刺し込まれた刺繍です。布の中には二ミリ位の薄いシリコンが縫い込まれています。肌に歯を届かせなくするための工夫です。

この自傷行為さえなければ、祥は扱いやすい子です。と思っているのは、スタッフの皆さんも同じなのでしょう。

以下は、祥の担当者、中島玲子さんのお話と、『祥さんの生活記録』です。

「『祥さんの生活記録』を読み返しますと、入所当時の祥さんは、一日何回も、ひっきりなしに自傷をしています」

今ではずいぶん減りましたがと前置きして話し始めた中島さんですが、ぼくらの見るところ、そんなに回数が減っているとは思えません。

続きを聞きましょう。

「それで私たちは、まず祥さんがどういうときに自傷をするかを観察することにしました。原因が分かれば対策も立てやすいと思ったからです。その結果、祥さんの自傷にはいくつかのパターンがあることが分かりました。

ひとつ目は、巧くいかなくてイラッとしたときやムカッとしたときの自傷です。

たとえば、着替えをするときに服の袖が手甲に引っかかってうまく腕が通せなかったとき、靴下を履こうとして指が引っかかってうまく履けなかったときなどに反射的に自傷しています。

そんなときには、『落ち着いて履けば、祥さんなら出来ますよ』と声をかけるようにしています。自傷直後に落ち込んでいらっしゃることもあります」

（あっ、またやっちゃった！）

（わたしって、どうして、やっちゃうんだろう？）

そんな様子が『祥さんの生活記録』に次のように書かれています。

『右手首の傷が治らず、看護師に洗浄とガーゼ交換をしてもらっている。かなり頑張って耐えていたが、最後に手甲を直してもらうところでイライラがピークに達して手首を噛んでしまう。その後、自傷を気にして落ち込んでしまったので、笑顔を取り戻すまで付き添っている。「大丈夫ですよ」と声をかけると表情が柔らかくなった』（平成二十四年十一月月十五日）
『起床時、着替えのアピールがあり、スタッフと着替えている。袖が通しにくそうであり、

上のループに中指を通し、マジックテープで手首に固定します。

以前も自傷につながったことがあったためにお手伝いさせていただいている。笑顔で着替えた直後、右手を噛む。落ち着いたところで、「祥さんのためにお手伝いしましたが、いやなら自分でやっていただけますか」と声をかけると、少ししょんぼりして手首をさすっていた』（平成二十五年一月十四日）

自傷のきっかけのふたつ目は、他の入所者さんの大声や急接近に驚いたとき、転びそうになってびっくりしたときなどです。そんなときも反射的に自傷されています。

『散歩の前にトイレに行っている。個室のドア付近で見守っていると、トイレの蓋を閉めた

際につまずいてびっくりしたようで両手首を噛んでいる』（平成二十四年十一月四日）

祥さんには苦手な入所者さんが二、三名います。共通するのは、動きの激しい方、祥さんにとっては過剰な関わりと感じる方です。そうした方とは、ニアミスしないように、なるべく距離を取るようにしています。

『スタッフと手を繋いでトイレに向かう途中、他の利用者さんとの距離が近く、間に入っている』（平成二十四年七月三日）

三つ目は、不本意なことを強いられて我慢の限界を越えたときです。歯磨き、目薬などの投薬や外出を我慢させられているときなどに自傷が見られます。〈わたしは我慢してるのよ！〉という自己主張だったり、感情の高ぶりを押さえるためにやられているようです。

『歯みがきをしている。口をしっかりと開けて長時間磨かせていただいていたが、終了すると共に叫び声を上げ、両手を噛む自傷があった』（平成二十四年七月二十九日）

『服薬後、「口の中を確認していいですか」と聞くと自傷あり。「飲み込んだかどうか確認しただけですけど、いやでしたか」と聞くと、「うん」とのこと』（平成二十五年五月十一日）

『排便後の始末をさせていただいた直後に自傷があった。手を押さえて興奮が収まるまで一緒にいる。落ち着きましたかと声をかけると「うん」と仰ったので手を離した途端に、また噛んでいます。一回噛むと落ち着かれて居室に向かっています。一回は噛まないと気が済まないといった様子でした』（平成二十四年七月二十九日）

最近になって、この種の自傷は減っています。我慢が出来るようになったのでしょうか。

『点鼻薬をする際に容器が歯に当たってしまうもにこやかに反応してくださる。「ごめんなさい」とお伝えするとニヤニヤされ、容器の当たった歯を指さしていた』（平成二十八年四月八日）

『洗顔のとき、手を口に持って行こうとしています。ハッとしたように噛むのを止め、代わりに拍手をして気分を紛らわせています。「祥さん、噛むのを我慢したんですね、素敵です

よ」と言うと、うれしそうに笑っていた』(平成二十七年九月一日)

四つ目は、気を引くための自傷です。スタッフに見てもらって、異変に気づいてもらいたくて手首を噛んでいます。不謹慎な言い方になりますが、この自傷には「かわいい!」と思うことさえあります。

『夕食後から就寝前にかけて、手首を軽く噛んで手甲を外すことが多い。スタッフの気を引きたくてやっているような印象を受けたので、「自分で直してください」と声をかけると悄《しょ》気《げ》ていた』(平成二十四年十一月十七日)

『他の入所者さんの介助をしていたら、静かに手甲を噛んでいました。「祥さんのことも見ていますよ」「祥さんのお話もちゃんと聞きますよ」と繰り返し伝え、ゆっくりとお話を伺っています。今日の出来事、みのり祭の思い出、今度はパパとママとお寿司を食べに行きたいといった内容で話されていました』(平成二十四年十月十八日)

五つ目は楽しくて、うれしくて興奮し過ぎた挙げ句の自傷です。

「パパとママが明日来ますよ」とお知らせした直後に、うれしさ余って手首を噛むなんてこともあるんですよ（笑）」

『活動後、渡り廊下で「パパ、ママ」のもの真似をしていると、楽しすぎて興奮し、手甲を噛んでいる。冷静に「祥さん！」と声をかけると止めている』（平成二十四年十一月二十一日）

『廊下を蹴って床をバンと鳴らしてほしいとの要求があったのでバンと鳴らすと、予想以上に音が大きかったのか自傷している。本人、曰く。〈怖かった！〉』（平成二十九年三月四日）

祥はいろんなことが引き金になって自傷しています。本当にややこしい子です。

最後の、ご要望に応えて足を踏みならしたら自傷したというくだりなんかは、「もう付き合ってられません！」って感じがにじみ出ていて思わず笑ってしまったのですが、いえいえ、笑いごとではありません。

他害。噛みつき、引っ掻き、頭突きに、エルボー

ぼくらはこうした話を聞いたり読んだりするたびに、申し訳なく思ったり、恐縮したり、ありがたく思ったりしています。以下、『祥さんの生活記録』から、なるほどと感心させられた上手な対応法をレポートします。

『ちょっとした段差でつまずいています。「今、つまずきましたね」と笑って言うと、祥さんもクスクス笑っています』（平成二十五年二月二日）

『お一人で静かに入浴されていたが、突然自傷あり。「もうすぐご飯ですよ！」と声をかけると切り替わっている』（平成二十六年六月四日）

『居室でハグしています。区切りのいいところで、「はい、おしまい」と言うと、不満だったようで自傷している。祥さんの興奮した声を職員室の集音マイクで聞いた他のスタッフが、「祥さん、どうしました？」とマイクで声を流すと、切り替わって笑顔が見られた』（平成二十六年七月十六日）

『着替えの際、突然声を出しながら自傷している。「じゃあ、自分で着替えてください」と伝えて洋服を渡すと、しょんぼりしながら着替えている。落ち着いたところで、「ママが作ってくれた手甲を大事に出来ないなら、もう要らないですか」と尋ねると、「んっ！」とのこと。また、「血が出ちゃったら、祥さん一人でお薬もらいに行ってくれますか」と尋ねると、こちらも「んっ！」。「じゃあ大事にしてください」と言って、外れた手甲を直した』（平成二十六年九月三日）

『点眼の際、コップを握っていただくと気分が紛れたのか自傷がなかった』（平成二十六年九月五日）

『入浴後、塗布薬を塗る際に薬を見せながら、「これは誰のお薬ですか」と尋ねると、笑顔で自分の鼻を指さしている。「どこに塗りますか」と聞くと、スタッフの手を持ちながら、顎や頬に塗っている。自分で塗ることで安心した様子がうかがえた』（平成二十六年九月二十五日）

楽しいことに振ったり、言い聞かせたり、時に突っぱねたり。いろんな対応法がありますが、ひと言で言うと、祥の気持ちをどう切り替えるかということなのでしょう。「記念撮影」の項で、ぼくらがブリキの玩具やシンバルを打つお猿さんを使ったのも、この一連でした。

ところで、「もうすぐご飯ですよ！」と声かけをして気分を切り替えたというレポートには、こんな続きがあります。

『その後、浴室から上がる際、繋いでいた当スタッフの手を噛む。当スタッフが声をかけると切り替わっている。落ち着いたところで椅子に座っていただき、お話をしている。「私、すごく怒っています。祥さんと仲良くお風呂に入りたいのに噛んだりするなら、もう一緒に入りたくありません」とお伝えすると、何度も当スタッフの腕をなぜて頭を下げているが、再び爪立てが見られる。当スタッフが「祥さんイライラしてるみたいなのでお着替えを手伝うのやめますね」とお伝えして離れようとすると、「行かないで」というように手を伸ばしていたが、いったん距離を置き、他スタッフと対応を交代している』（平成二十六年六月四日）

これは、まぎれもなく他害のレポートです。

自傷よりももっとやっかいな祥の性癖（？）が、この他害です。直前までにこにこと穏やかだった祥が、いきなり噛みついたり、引っ掻いたり、髪を引っ張ったりするのですから、被害に遭《あ》うスタッフさんの〝たまったもんじゃない〟という気持ちはよく分かります。親でも、そう思うのです。ましてや……と、思います。

でも、祥に悪気はないのです。自傷と同様、（また、やっちゃった！）なのです。

もちろん悪気なんかがあったらたまったものではありませんが、この種の他害は祥のように非力な障がい者に多いと聞いたことがあります。そして祥がまだ幼かった頃、ぼくらは（冗談にですが）、「噛みつき、引っ掻き、頭突きに、エルボー」を祥の四大必殺技と呼んでいました。

失禁とかは言い聞かせることである程度矯正できると思うのですが、事実、失禁は入所直後に比べてずいぶん少なくなっています。自傷や他害はどうでしょうか。言い聞かせれば治るものなのでしょうか。治療をすれば治るものなのでしょうか。

分かりません。

スタッフの皆さんもその辺はよく理解してくださっているようで、『祥さんの生活記録』に、次のような記述があります。

『興奮すると他害に至ろうとされますが、誰かを傷つけることを望んでいるのではなく、やり場のない気持ちの表現方法だと思います。ですから他害は抑えるよりも周囲が距離を置き、

ご本人が冷静さを取り戻すまでお待ちするのが望ましいのではないかと思います』（平成二十六年八月六日）

ごめんなさい。祥に代わってお詫びします。そして、ありがとうございます。

最近この件について、小関千尋さんとこんなやり取りをしたことがありました。

「若い娘さんの肌を傷つけていると思うと、加害者の親として本当に申し訳ない気持ちでいっぱいです」

「ありがとうございます。でも、あまり気になさらないでください。私たちはお父さんが思ってくださっているほど大変なことだとは思っていないんですよ」

「五棟には祥以外にも自傷や他害をする人はいますか」

「いらっしゃいますよ。祥さんみたいに血が出るほど噛んだりする人はいませんけれども（笑）。でも、自傷よりも他害の方がいいんだと学生時代に教わったことがあります」

「どうして？　加害者の親にしてみれば被害が人に及ぶよりは自分に止まっている自傷の方が、まだ始末がいいと思うのですが」

「不満などが内にこもる自傷よりも、うっぷんを外に発散している他害の方がいいんです。祥さんは身体が小さくて力も強くありませんから自傷や他害を抑えようと思えば、腕を掴んだり抱きしめて止めさせることが出来ます。でも、敢えて抑えないで発散させる方がいいと私たちは考えているんです」

それにしても祥は本当に、ややこしい子です。なぜ、自傷や他害をするのでしょうか。本当のところは分かりません。せめてこうした性癖をもった人たちから介助者を守る介助用具は出来ないものだろうかと考えます。嫌な例えですが、警察犬の訓練士や鷹匠なんかは、噛みつかれたり爪を立てられても痛くない防具を予め装着しています。そんな用具が開発されれば、介助者はもちろん、自傷・他害のある障がい者自身のストレスも少しは緩和できるのではないか。

そんなことを考えたりもします。

4――[音楽活動]『悲愴《ひそう》』の連弾にハマる

十時です。

うんざりするほど長かったくつろぎタイムが終わって、やっと音楽活動の時間になりました。

体育館まで付き添ってくれたのは、『初めての面会』のときもご一緒だった堀田亜也子さんです。彼女は、アマチュアのストリートミュージシャンだった経歴もあると聞いていますし、何年か前のクリスマス会の折りに彼女のドラム・パフォーマンスを見た覚えがあります。そういう意味では堀田さんは音楽活動の付き添いにうってつけのスタッフです。

彼女は祥と繋いでいる右手を軽く揺らして歩きながら、ぼくにこう話しかけてきました。

「いつだったかしら？　お父さまは祥さんの唯一の趣味は人と関わることだって仰っていましたね。今でもそう思っていらっしゃいますか」

「思ってますよ。って、どういう意味ですか？」

「祥さんには、もうひとつ趣味がおありなんですよ」

「それって、ひょっとしたら……」

「そうなんです。音楽です。たぶんお父さまも気づいていらっしゃると思っていました」

「確かにね。堀田さんはどんなときに祥の音楽好きを感じたんですか」

「初めて音楽活動にご一緒したときから分かりました。祥さんの目がキラキラしてるんです。普段の祥さんとはまるっきり違うんです」

「まるっきりですか」

「ごめんなさい。そういう意味で言ったんじゃないんです。音楽がお好きで、純粋に楽しんでいらっしゃる目なんです」

「なるほど」

「他の利用者さんやスタッフとの関わりを楽しんでいて、ついでに音楽も楽しんでいるって目じゃないんです。心底、音楽を楽しんでいらっしゃる目です。私も音楽が好きですからすぐに分かりました」

「ありがとう。素敵なことに気づいてくださったんですね」

「特にピアノがお好きです。講師の先生がジャーン！　って鍵盤を叩くと、祥さんは身体をぶるぶるって震わせていらっしゃって。私が「しびれますねえ」と声をかけると、「う〜ん！」とうれしそうに仰って、指を一本立てて、〈もう一回！〉と何度も何度もリクエストを繰り返していらっしゃるんですよ」

「そう言えば、小さい頃からピアノが好きでしたねえ。祥が初めてピアノを鳴らしたのは、あれは確か、ええっと、三歳頃だったかなあ？　ある朝ぼくが洗面所でヒゲをあたっていたら、ポン♪　というピアノの音と同時に女房がぼくを呼ぶ声が聞こえたんですよ」

「急いでリビングルームに行ってみたら、祥さんがピアノの前に座ってて、鍵盤に触ってらっしゃった」

「えっ、どうして知ってるの？」

「お父さまの本で読みました。それから毎朝、大変だったんですよね」

「そう、毎朝ピアノ演奏（？）に付き合わされて大変でした」

「祥さんの音楽好きはホンモノです。いつだったか、夕食中にどなたかのＣＤで『白いブランコ』という曲が流れたんです。そうしたらイントロの辺りで祥さんがパッと顔を上げて、（あっ、これ知ってる！）って反応してるんです。以前、この曲を一緒に聴いたことがあって、『祥さんの好きなブランコの歌ですね』と盛り上がったことがあったんです。

私もそのときのことを思い出して顔を上げたら、祥さんとバッチリ目が合っちゃって。お互いの顔を見合わせてにんまりと笑い合ったことがあったんです。言葉は交わしませんでしたが気持ちは十分に通じ合ったという充足感がありました。祥さんは記憶力がとても良くって、曲の聞き分けもお上手だと感じました」


音楽活動は他棟やデイケアの皆さんと合同で行われます。祥は仲良しの紗都子さんの隣の、ピアノがよく見えるいつもの場所に陣取っています。

参加者のお目当てはリクエストタイムです。順番を待って、自分の番がやってきたら好きな歌や曲をリクエストして、講師の先生の伴奏で歌ったり演奏を聴いたり出来る時間です。

祥も順番を待っています。

誰かがリクエストした長渕剛の『乾杯』がかかって、♪肩をたたき合ったあの日♪のフレーズ部分では堀田さんの肩を叩いて大笑いしています。『さっちゃんの歌』が聞こえてくると、〈わたしの歌だよ！〉と、自分の鼻の頭をちょんと指さしてうれしそうにしています。

やっと祥の順番になりました。祥はいそいそとピアノに近づいて、講師の先生の隣に並んで腰かけました。

「いつもの曲、行きますよ！」と講師の先生が言いました。

「うーん！」と祥が答えました。

ジャーン！

先生が鍵盤を叩きました。ベートーベンのピアノソナタ第八番、ハ短調『悲愴』です。

祥は骨まで響きそうな低音に身をよじらせて喜んでいます。

「あっ、間違えちゃった！」と先生が言いました。祥がゲラゲラと笑っています。

最初からもう一度やり直しです。

ジャーン！

祥が指を一本立てて、〈もう一回！〉と要求します。

先生がジャーン！　と、もう一度弾きます。

またまた祥が、〈もう一回！〉と言います。

そうは何度も祥の要求に応えている暇は、先生にはありません。順番を待っている人たちがまだ大勢いるからです。

祥の要求を無視して先生が弾き進めます。

祥が横から手を伸ばして、鍵盤をポンと叩いて悪戯《いたずら》をします。

堀田さんが、

「祥さんだめよ！」と目配せしています。

曲が進んで、いよいよ先生と祥が連弾するクライマックスが近づいてきました。

堀田さんがお手伝いをしようと祥の指を握ります。すると祥が、

「大丈夫、ひとりで出来るから！」

そう言わんばかりに堀田さんの手を振り払います。

先生のジャーン！　に合わせて、祥がジャンジャンジャンと鍵盤を思いっきり叩きます。

やがて演奏が静かに終わって、盛大な拍手と歓声、口笛が体育館を埋めます。

祥は？　と見ると、小さな鼻をピクピクさせて得意そうです。

祥はこれまでにいろんな歌や曲をリクエストして、それぞれに楽しんできました。

たとえば『幸せなら手をたたこう』では、歌詞に合わせて楽しそうに手を叩いたり、足を鳴らしたりします。小学生時代から慣れ親しんできた音楽遊びです。『きみのなまえ』は、男女

が掛け合いで名前を呼び合い、途中で「はーい！」という声が入っている曲です。祥はその部分に来ると、腕を高く上げて「はーい！」と答えます。

そして今どハマりしているのが、なんと！　ベートーベンの『悲愴』です。

この曲が好きになるまでの経緯を『祥さんの生活記録』の書き込みで追ってみましょう。

『リクエストの時間に先生が「小鳥のうた」を弾こうとしています。♪小鳥はとっても歌がすき、母さん呼ぶのも歌でよぶ。ピピピピピ、チチチチチ、ピチクリピイ♪という、あの曲です。
祥さんが「ん！」と、強く拒否しています。いつもの冗談とは違う様子だったのでお話を伺うと、〈もっと大きな音のする曲がいい〉とのことです。そこで先生にいろんな和音を弾いていただいています。総体的に短調の響きがお好きなようで、ともかく「小鳥のうた」には飽きているみたいなので別の曲を探しています』（平成二十七年十月二日）
『「和音の曲の方がいいのよね」と、先生が「悲愴」のワンフレーズを弾いてくださる。大きな音がするので気持ちがいいのか楽しげに聴いている』（平成二十七年十月二十三日）

『「演奏に合わせて祥さんの手を鍵盤に落としてみたらどうでしょう」という講師からのアドバイスがあったので、スタッフが手を添えて試してみました。すると上手に出来て、祥さんは今まで見たことのない表情で喜んでいらっしゃいました』（平成二十八年十二月二日）

斯《か》くして祥は『悲愴』に出会い、どハマりして、今も講師との連弾を楽しんでいます。

余談ですが、「日本人は短調が好き」なんだそうです。そして祥もその端っこに連なる短調好きなのでしょう。短調の曲はまた、祈りを深めるのに効果的な旋律でもあるとかで、教会などで流されているのも短調の曲が多いそうです。

ぼくも短調の力を借りて祥のことを祈ります。

さっちゃんは名ドラマー！　かな⁉

祥はピアノも好きですが太鼓だとかドラムとかの打楽器も大好きです。ですから誕生日やクリスマスなどのプレゼントにもそれ系のものが多くなります。中でも祥が大喜びして、お姉ちゃんたちにも「ヒットだったね！」と好評だったのが、平成最後のクリスマスに贈ったドラムセットです。

ドラムセットにしようと決めたのは、もちろん祥が打楽器好きだからですが、もうひとつの決め手は音楽活動にご一緒していただいた縁で親しくなった堀田さんの存在でした。

彼女がドラムを叩いていたことは、お話ししました。

それで、お願いしたところ、「ドラムとシンバルのセットにしたらどうでしょう?」という提案をさっそくしてくれました。さすがに昔取った杵柄とやらのドラマーです。

ということで、年末の忙しい最中に数店の楽器店を見て回ってくださって、三連のドラムにミニシンバルをセットにしたドラムセットを見立ててくれました。

もちろん、玩具なんかじゃありません。正真正銘、ホンモノのドラムセットです。しかも祥が座ったままで演奏できるように調整をしてくれました。これも彼女のアイデアです。

さて、クリスマス会の当日です。

ドラムを演奏する祥。
彼女はピアノとか太鼓とかの叩いたり打ったりする楽器が大好きです。

デイルームに運び込まれたドラムセットに目を輝かせて、ドロドロドロドロ！　とドラムを叩き、ジャーン、ジャーン！　とシンバルを打ち鳴らして祥は大喜びです。逆に、あまりの大音響にびっくり仰天したのはクリスマスケーキを頬ばっていた参加者の皆さんです。

斯《か》くして祥のドラムセットは、うるさすぎるということで、普段は体育館の倉庫の中に仕舞い込まれていて、時々ですが、五棟の玄関フロアーとか音楽活動時限定でドロドロドロ、ジャーンジャーン！　と演奏しているのだそうです。

5――［昼食］仲良しとの外食

「ただいまー！」

「お帰りなさーい！」

十二時ちょっと前の五棟の玄関先には元気な声が飛び交っています。

午前中の活動に出かけていた入所者の皆さんが、たとえば祥は音楽活動だったのですが、園芸活動だったり、陶芸活動だったり、あるいは散歩やショッピングだったりして、彼らが戻ってきた声と、出迎えるスタッフの声が重なって、騒がしいこと、騒がしいこと。もうすぐお昼ご飯の時間です。皆お腹を空かせています。

祥もその一人です。

一足先に音楽活動から戻ってきて、さっきまで仲良しの茂雄さんと折り紙をして遊んでいた祥でしたが、今はデイルームにも食堂にも姿が見当たりません。

手洗いにでも行っているのでしょうか。

そう思っているところへ中島玲子さんが近づいてきてぼくに言いました。

「祥さんは、今日は昼食外出です」

「チュウショクガイシュツ？　ですか」

「ええ、お昼ご飯を外で、レストランで召し上がります。昨日からとても楽しみにしていらっしゃったんですよ」

「いいですねえ。ぼくも一緒にお昼をいただいていいですか」

「もちろんです。先ほどお父様の席を追加予約しておきました」

「ありがとうございます。お手数をおかけします」

「いいえ、私もご一緒するんですよ。祥さんは今、お着替え中です。もうしばらくここでお待ちください」

そう言って中島さんはどこかへ行ってしまいました。

お出かけの当日に遭遇するなんてラッキー！　です。今日はどんな特別の日なのでしょう？

誕生日外出？　いえ、祥は九月ですから、それにはちょっと早そうです。

ぼくの記憶では、外食に出かける機会は誕生日を除けば宿泊外出の折りくらいか？　いや、確か夕食外出というのもあったはず。どこかで夜ご飯を食べながら、その後ネオン輝く夜の町散歩と洒落込む夕べもあったはず。きっとぼくが知らない外食日があって、そして今日がその日なのでしょう。


祥を待ちながら、食堂の昼食風景を拝見させてもらうことにしました。

お昼の献立は、主菜が豚肉のソテーで、副菜がホウレンソウのゴマ和えです。それにご飯と豆腐と若芽の味噌汁が付いていて、デザートは抹茶ゼリーです。

「美味しそう！」と独りごちながら、その隣の人のトレイをちらっと見ると、副菜は同じですが、主菜の豚肉のソテーの代わりに、魚のムニエルが配膳されています。

献立内容を選べるのだそうです。これを「選択メニュー」と言います。その機会は週に一回、しかも昼食時にあって、起床直後にどちらかを選んで予約をします。

選べると言えば、お米のご飯をパン食に代えられる日もあります。これもやはり週に一回だそうで、起きがけに予約をするのは「選択メニュー」のときと同じです。
祥はご飯党ですからパン食を選ぶことはありません。でも、隣の人が食べているとやっぱりほしくなるのか、「ちょうだい！」とおねだりをして、「だめです。これは私のです！」と断られている様子が『祥さんの生活記録』に残っています。
『昼食、ペースよく全量召し上がっています。食べ終わって、スタッフの食べているパンをほしいとアピールしています。「これは私のパンです」とお断りしています』（平成二十五年五月五日）
なんでもかんでも祥の言いなりになるなんてことはありません。むしろ、はっきりしていていいですね。ちなみに、ぼくが手に入れた六月中旬の一週間の昼食メニューは次の通りです。
（月）豚汁うどん、炒り豆腐、ミカン缶
（火）ご飯、コンソメスープ、鯖のカレー風味焼き（ブロッコリーとツナのガーリックソテー）、リンゴ
（水）中華おこわ風、中華スープ、点心盛り合わせ、お誕生日ケーキ（どなたかの誕生日なの

でしょう）
（木）ご飯、わかめの味噌汁、鱒のムニエル、もやしの玉子炒め、赤かぶ漬
（金）食パン（リンゴジャム・ママレード）、ポタージュスープ、豚肉のバジル焼き（白菜とベーコンのコンソメ炒め）、ロールケーキ（焼き芋）
（土）ご飯、わかめの味噌汁、鰈《かれい》の生姜煮、春雨の炒め煮、マンゴープリン
（日）ご飯、生姜スープ、鶏肉のハニーマスタード焼き、インゲンのサラダ、ヨーグルトフルーチェ

いかがですか。和・洋・中、肉・魚ありの献立内容は、温かいか冷たいか、汁があるかないかだけの違いで一年中蕎麦かうどんのぼくの昼飯よりもバラエティに富んでいますし、栄養のバランスも良さそうです。

令和元年五月発行の『利用料請求書』に、食料等負担金という請求項目があって、「朝食二百八十一円、昼食六百五十円、夕食四百五十円」とあります。

ちなみにこの『利用料請求書』は、毎月一回開かれる保護者会『楽助会』の折に『祥さんの生活記録』と一緒にいただくのですが、ご覧の通り朝食よりも夕食よりも昼食の掛かりが多くなっています。

町田福祉園が昼食重視の食事管理をしていることがこの一事ではっきりします。たぶん、食後は眠るだけの夕食よりも、いろんな活動にエネルギーを使わなければならない昼食の方にウエイトを置いた献立になっているのでしょう。合理的ですし、健康的な考え方だと思います。

そういえば、ぼくのようにお腹の突き出た入所者さんに出会ったことがないのも、そうした食事管理のおかげなのかもしれません。

「お待たせしました」

中島さんの声に振り返ると、ボーダーTシャツにジーンズというカジュアルなファッションに一メートル二十七センチという小柄な身体を包んだ祥が、

「どう、パパ？」みたいに小首を傾げて立っています。

「うん、かっこいいね！」

口の中に飲み込んだぼくの感想を岸本順一棟長さんが代弁してくれました。

「祥さん、素敵ですよ！」

居合わせた女性スタッフも褒めてくれました。

「よく似合ってますよ！」

祥がTシャツの襟首をつんつんと引っ張りながら言いました。

「ママ(が買ってくれたの)!」

「そうなんですよ。お母様が買ってきてくださった服ですよ」と言ったのは、着替えを手伝い

ながら祥とお出かけ用の服装選びをしてくれた中島さんです。

ワゴン車の後部座席には、仲良しの紗都子さんがもう座っていて、ぼくらが乗り込むのを待ってくれていました。

「仲良しさんが一緒の方が楽しい昼食になりそうですから」という中島さんの配慮です。

祥と紗都子さんが最後部に並んで座って、真ん中の席に中島さんとぼく。助手席に小関さん、運転手は五棟で一番若い松下未知さんです。

斯《か》くして利用者二人とスタッフ三人、それに飛び込み参加のぼくを含めた六人での昼食外出に、いざ出発! です。

「どんな店に連れてってもらえるのかなあ?」

クルマが動き出して、わくわくしながらぼくが尋ねると、祥が間髪を入れずに口をチュッと鳴らして言いました。

〈ちゅるちゅる食べるんだよ!〉

ちゅるちゅるは麺類を総称する祥用語です。

「えっ！　祥さん、パスタ食べに行くって知ってるんですか」

運転席の松下さんが町田街道を国道十六号に向かってハンドルを切りながら聞きました。

「うん（知ってるよ）！」

祥の期待を込めた当てずっぽうの回答が正解だったようで、クルマは一路「フォーゲルショイヒェ」といういかめしい名前のレストランを目指してひた走って行きます。相模原市に開店したばかりの手造りハム工場直営のレストランです。何かの折にスタッフが何回か利用したことがあって、チュルチュルが大好きな祥にうってつけ！　とチェックを入れておいてくれた店なのだそうです。

車窓を流れる町並みを目で追っかけていた祥が、なにを見つけたのかケラケラと笑っています。釣られて紗都子さんも笑っています。

クルマが左折して、車体が大きく左に揺れました。

「うわー、怖！」と、ぼくが言うと、

〈怖くないよ～！〉と言いたげに、祥が大袈裟に身体を左に傾けて笑います。

今度はクルマが右折して、車体が大きく右に揺れました。祥が、また大袈裟に身体を右に傾けて笑っています。

二、三十分のミニドライブがあっという間に過ぎて目的地に到着です。

「フォーゲルショイヒェ」は、その名が示すとおりドイツ風の質実剛健な建物で、その一階部分がレストランになっています。

中島さんが予約している旨を告げると、さっそく奥まったテーブル席に案内されました。店内はちょうどお昼時とあって混み合っていましたが、祥は特に緊張しているふうもなく、メニューからパスタセットを選んでいます。

セット内容は、カルボナーラ、サラダ、スープ、アイスコーヒーとボリュームたっぷりですが、仲良しの紗都子さんがデザートを頼んでいるのを見て、「私も頼む」とヨーグルトサンデーを注文しています。

注文した品を待っている間も、グラスに水を注ぎに来てくれたウエイターに握手を求めたり、頭を「いい子いい子」してもらったり、隣のテーブルに着いた家族連れのお客さんの話に耳を傾けて、「ウフフ」と笑ったり、楽しそうにマイペースで過ごしています。

最初に出てきたのは紗都子さんの手ごねハンバーグでした。次に松下さんのポークグリルが、そして中島さんの前にミラノ風カツレツが出てくると、祥は、あれもこれも食べたいといった様子で指さしをしています。

もちろん、祥の前にはパスタの王様（？）カルボナーラです。こんがりと焼き上がったベーコンもおいしそうです。

すっかりお腹を空かせていた祥はさっそく〈いただきます！〉。口の周りをクリームソースでべたつかせながら黙々と食べています。ややあって、ようやくお腹が落ち着いたのか祥の手が止まりました。

そして、その手を頭にもって行って髪の毛を掬《すく》うような仕草をしています。髪の毛を掬うのは祥のお風呂のサインです。

中島さんが答えます。

「一緒に入りましょうね」

今度は口元に指を持って行く仕草です。これは、ご飯のサインです。

「夕食は園で食べますよ」と中島さんが答えます。

祥はお泊まりが嫌いです。それで〈外泊するんじゃないよね〉と確かめているのです。中島玲子さんが「大丈夫ですよ。食べ終わったら園に帰りますよ」と答えています。その答えに安心したのか再びカルボナーラに取り付いてペロリと平らげ、空になったお皿を自慢げに見せています。さすがに「デザートは別腹」とは行きませんでしたが、アイスコーヒーもごくごくと勢いよく飲んで、セットはほぼほぼ完食！　です。

大好きなちゅるちゅるをお腹いっぱい食べて、おまけに仲良しの紗都子さんも一緒だった楽しい昼食外出はこうして終わりました。

帰りの車内では、

「おいしかった人！」

「はーい！」

「また行きたい人！」

「はーい！」と大いに盛り上がって、その後はうとうとしながらクルマに揺られる祥でした。

でも、祥の一日はまだまだ終わりません。今日の祥はスケジュール一杯で、園に帰ってからも二時過ぎから始まる「作業」が待っているのです。

楽しいことも悲しい別れも

仲良しの紗都子さんと一緒に昼食外出に出かけたというお話をしましたので、仲良し繋がりの話をします。

祥には仲良しさんが何人もいます。二棟の真佐子さんはジョイフル・ミュージックという活動でいつも一緒になる仲良しさんです。年格好は祥と同じくらいでしょうか、ひょっとしたらお姉さんかもしれません。祥が握手を求めると、

「さっちゃんは私のことが好きだもんね」と言って握手に応じてくれます。祥もその都度、

「うん！」とうれしそうに答えます。

作業室で隣の席になる信子さんは祥の甘え声の〝いいお返事〟がお気に入りです。「祥さん、いいお返事して！」と信子さんがお願いすると、祥は「う～ん！」と応じます。それがあんまり頻繁になると、「祥さん、お仕事中ですよ！」と職員さんから叱られます。するとと祥は、「あっはっはっ！」と笑います。

デイケアを利用している匿名さんは（お名前を存じ上げないので仮にそう呼ばせていただきます）、レクリエーション・スポーツ、略してレクスポに参加して祥と仲良しになりました。『祥さんの生活記録』にAさんとして登場しています。

『レクスポに参加されています。ボーリングではピン三本を倒し、うれしそうにしています。その後フットパスをされ、とてもにこやかな様子で過ごされています。デイケアのAさんがお気に入りのようで、帰り際も別れがたいようでした』（平成二十五年二月二十日）

仲良しという表現は適切ではないかもしれませんが、お気に入りの職員さんも大勢います。五棟のスタッフの皆さんについては、祥はみ～んな大好きです。ホント、そうです。ヨイショ！　ではありません。

でも、〝とりわけお気に入り〟という職員さんがいるのも、また当然です。

祥は概して若い男性が好きです。「朝食」の項で祥がゼリーをプレゼントした石田祐介さんも、その一人なのでしょう。

女性スタッフにもお気に入りがいます。どなたかは分かりませんが、『祥さんの生活記録』に「お気に入りの女性スタッフが出勤してきたので云々」という記述がありますから、その方がそうなんでしょう。

お気に入りのスタッフは他棟にもいます。

お名前を存じ上げないので、この方も「匿名さん」と呼ばせていただきますが、レクスポのトランポリンでは毎回彼女を指名して一緒に跳んでいるのだそうです。

寝食を共にしている五棟の仲間には、仲良しさんが何人もいます。

昼食外出で一緒だった紗都子さんもその一人です。彼女が決まって家に帰る週末の祥は、見ていて気の毒になるくらいしょんぼりとしています。〈紗都子さんとバイバイしたよ〉とスタッフに報告して、いつもの夜よりも早めにベッドに入るのだそうです。

入所当時同室だった幸恵さんが退所して（理由は分かりません）、代わって同室になった美咲さんとも直ぐに仲良しになりました。

部屋を仕切っているカーテン越しに声を掛け合ってはしゃいだりして、まるで修学旅行先の生徒たちのようにうるさくしてスタッフに注意されることもしょっちゅうだそうです。

男性入所者で一番の仲良しだったのは野球が大好きで阪神タイガースの大ファンだった茂雄さんでした。彼の誕生日外出は東京ドームでの阪神 vs 巨人戦でしたし、園にいるときも、シーズン中はテレビの真ん前のソファーに陣取って野球放送を楽しんでいました。

そしてその傍らにはいつも祥がいて、彼が食べているパンをひと欠片もらったり、彼の趣味だった塗り絵（上手だったんです）を見て、

「わたしもやりたい！」と言いだしたりしたものでした。

スタッフが白い紙とクレヨンを渡すと、赤いクレヨンでぐちゃぐちゃと線を描いて「パパ！」。「ママは？」と聞かれると、緑色のクレヨンに替えて、またぐちゃぐちゃと線を引いて「ママ！」と言って茂雄さんに見せていました。好きな彼氏の趣味が彼女の趣味になるという、よくあるパターンです。

ここだけ過去形で書いたのは、祥が入所して五年目の平成二十九年に茂雄さんが急死されたからです。体調が優れないということで入院してまもなくの、誰も予測することの出来なかった突然の死でした。その当時の祥とスタッフの、生々しくも悲しいやり取りが、次のように『祥さんの生活記録』に残されています。

『茂雄さんが亡くなった。朝食後、祥さんがスタッフの会話に聞き耳を立てており、茂雄さ

んの訃報を聞いてしまったようだった。直後、スタッフに〈トイレに行く〉と訴えられ、トイレで「ママ、ママ、わーん」と声を上げて泣かれている。「ママ」とは仰っていたが、話の内容を理解されたと思われ、こちらも返答に悩みつつ、「寂しいですね。びっくりしましたね」と声をかけている。スタッフに抱きついてひとしきり泣き、居室に移動してもう一度泣いて落ち着かれた』（平成二十九年四月二十四日）

『他利用者様と関わりながら過ごしている。〈紗都子さんは今日はお家に帰るの？〉と聞かれたので「今日はここにいますよ」とお伝えすると、〈正一さんは？〉〈健司さんは？〉と次々に利用者さんを指さして確認している。皆五棟で一緒だとお伝えすると、静かに微笑まれている。普段から紗都子さんの帰宅を確認されることはあるが、複数の方について聞かれたのは初めてだった。茂雄さんがいなくなってしまったことで、他の人も突然いなくなってしまうのではないかと不安に思われた可能性がある』（平成二十九年五月二日）

もう何年も前のことです。

たぶん祥が養護学校の高等部に通っていた頃のことだったと記憶しています。『あゆみの家』（新宿区立の養護学校）の仲間だった男性が筋ジストロフィーという病で亡くなって、祥は彼の葬儀に参列しました。棺に横たわる友だちの姿を神妙な顔つきで眺める祥の横顔を忘れることは出来ません。祥は確かに死を理解しています。

中島さんが、そんな祥について語ってくれました。

「二人っきりでゆっくりとお話しする機会がありましたので、茂雄さんのお話をしたことがあります。亡くなられてから二か月ほど経っていましたので、『茂雄さんのこと、覚えていますか?』と伺うと、うれしそうに『うん!』と頷かれています。

急なお別れになってしまったけれども、茂雄さんが『祥さん、元気でね』と言っていましたよとお伝えしています。『死ぬ』という言葉は使いませんでしたが、『お別れしました』という旨はきちんとお伝えしています。

祥さんは一瞬涙ぐむような様子でしたが、ギュウと私に抱きついてきています。寄り添って、しばらくすると〈ママのテープを聴きたい〉と仰ったので、テープをかけて、お部屋から退出しました。十分間ほどお一人で過ごしてデイルームに戻っていらっしゃいましたが、その後は他利用者様やスタッフとお話しになりながら穏やかに過ごされていました」

この一年半ほど後に四十歳代かなと思われる背の高い男性入所者さんが、やはり急逝されています。

町田福祉園のような大きな施設で大勢の人たちと生活している者の定めでしょうか。祥も人を送る悲しみと、残される者の寂しさを感じつつ生活しているのです。

6――［作業活動］作業室の〝困ったちゃん〟

「あー！」

行ってきますと元気に挨拶をして、祥は作業活動に向かっています。

散歩などの外出時には〈乗っていく〉と言い張ってきかない車椅子にも、このときばかりは見向きもしません。作業には歩いて行くんだ！　まるで、そう決めているみたいですし、その姿勢は、「初めて参加した七年前のあの日からずっとそうですよ」と、中島さんは言います。

あの日の朝。

棟長の岸本さんが言いました。

「今日から作業活動に参加しますよ」

〈サギョウカツドウ?〉

それってなにと問いたげな祥の目線が岸本さんを見上げています。

「遊びじゃないんですよ。音楽活動とかレクスポなんかとは違うんです」

「？・？・？・」

祥の疑問符に一発回答を与えるように岸本さんが短く言葉を継ぎます。

「お仕事です。お給料も出ます！」

祥にはお給料なんて言葉もちんぷんかんぷんでしたが、なんだか凄いことが始まりそうな予感がしました。

「そのときからみたいですよ。〈車椅子なんかに乗ってる場合じゃない！〉。祥さんがそう思ったのは」と、中島さんがクスクスと笑いながら教えてくれました。

ですから祥は、今日も中島さんのシャツの端っこをしっかりと握って歩いています。

「祥さん、お仕事がんばってね！」

玄関を出て活動棟に向かったところですれ違った他棟の職員さんが、そう言ってエイエイオー！　と拳を突き上げました。

釣られて祥もエイエイオー！　をして、そして、エッ⁉　と思いました。

「デジャブー？」

この言葉を知っていたら、祥はきっとそう思ったことでしょう。

〈こんなことが、いつかあったみたいな？〉

あの日も祥は職員さんに手を引かれて活動棟への道を辿っていました。手を繋いでいたのは今日の中島さんではなく岸本さんでしたが、その途中でいろんな人にエールを送られ、皆さん、言い交わしていたみたいにエイエイオー！　をしてくれたのです。そんなこんなで活動棟の地階に辿り着いたのは予定を五分ばかり遅れた三時過ぎでした。遅刻です。

初出勤（？）からの遅刻は祥には不本意でしたが、応援者の期待に応えるべく一人ひとりに丁寧に握手で挨拶を返し、序《つい》でに（あくまでも序でにです）いい子いい子をせがんだのも謂わば浮世の義理って奴ですから、一概に祥の遅刻を咎めることは出来ません。

岸本さんが「第一作業室」と墨書してある部屋のドアをとんとんとノックしました。

祥はひとつ、大きく息を吸って、そして吐いて。きっと心の中で「エイエイオー！」をしていたのでしょうね。

部屋の中にはもう十人くらいの人たちが集まっていて、一斉に振り返って祥のことを見つめました。緊張のあまり足が前に出ない祥の背中を岸本さんがそっと押しました。祥はイラッとして手首に口を持っていきましたが、直前で噛むのをぐっと堪《こら》えて作業室に入りました。

そんな祥の姿に成長の跡を見たのでしょうか。

「うん、うん」と岸本さんが満足そうに大きく頷いています。

第一作業室は学校の教室をひとまわりほど小さくしたような部屋でした。勉強机みたいな作業台も、縦に三台、横に三台並んでいます。その机を取り囲むように、入って右側の壁際にはキャビネットが二台並んでいて、作業で使ういろんな物がきちんと整理されて入っています。

正面の壁には日程表や作業の手順をわかりやすく図示したケント紙が何枚も貼ってあって、その前には黒板もあります。そして左側の壁際には洗面台が。たぶん作業で汚れた手や使い終わった道具などをそこで洗うのでしょう。

「あっ、さっちゃんだ！」と名前を呼んでくれたのは、その当時は顔見知り程度の知り合いでしたが、今では大の、大の、大の仲良しになっている信子さんでした。

岸本さんが祥に代わって自己紹介をしてくれました。

「五棟の伊藤祥です。好きな食べ物は海苔かけご飯です。得意なことは太鼓叩きとトランポリンです。よろしくお願いしま～す」

祥は岸本さんが代わりにしてくれた自己紹介と同じくらいの長さで、

「あーーー」と言いながら、例の頭が膝小僧にくっつくくらいに深く腰を折る祥流のお辞儀をしました。

「こちらこそよろしく！」

作業室スタッフと先輩たちの拍手がパラパラと聞こえました。

祥の初仕事は、「電線剥《む》き」と呼ばれる作業でした。

手順は、こんな感じです。
① 電線を覆っているビニール製のカバーを剥いて中の電線を取り出す。
② 取り出した電線を素材別にアルミ製とかポリエチレン製とかに分ける。
③ 決められた本数だけそれぞれの箱に詰める。
「分かりましたか?」

「うん!」

スタッフと一緒に二、三本剥くと、祥は、

「こんなの簡単よ!」と言わんばかりにさっさと仕事をこなしていきました。

「覚えが早いわね」

「すごい、すごい!」

そんな褒め言葉も、祥にしてみれば心外だったと思います。なぜって祥は、『あゆみの家』とかでも「新聞めくり」や「空き缶潰し」など、いろんな仕事をこなしてきたからです。

でも、手順の②と③、つまり電線を素材別に分類したり、決められた本数を箱詰めするという作業は、この日の祥には無理でした。実は六、七年経った今でも出来ません。

初日ということで、この日の作業活動は三十分くらいで切り上げて、作業室スタッフや先輩たちとハイタッチをして引き上げました。

「祥さん、お仕事しっかり出来てすごいですね」と岸本さんが褒めてくれました。

その日の祥の様子を、岸本さんは次のように『祥さんの生活記録』に書いています。

『初めての作業に行かれています。さほど緊張することもなく、黙々と作業に取り組まれていました。お一人では難しい作業もありましたが、作業室スタッフや他棟利用者様とのコミュニケーションも楽しまれていました』（平成二十五年四月二日）

あの日から数年の月日が経ちました。

祥の働きっぷりはどう進化しているのでしょうか。大きく変わったこと、相変わらずのことをスタッフの証言や『祥さんの生活記録』から紹介します。

感心なのは、今も徒歩通勤を続けていることです。これは、まず褒めてあげなくてはいけません。そして大きく変わったことの第一は、作業の内容が増えたことと、作業にマイペースで取り組めるようになったことです。次のような証言が生活記録にあります。

『声出しも少なく、電線剥き、ビーズ通し、輪っか差し、ステンシル、紙ちぎりなどをしている。「迎えに来るように電話をしてほしい」というアピールもなく、十五時十五分頃までにこやかに座っている。作業スタッフから「今日はよく頑張っていましたよ」という話があった』（平成三十年二月十一日）

大きく変わったことのその二は、これはもちろん祥の得意技ですから比較的早かったのですが、スタッフや仕事仲間との良いコミュニケーションが築けていることです。

『作業室からの電話がなかったので十五時半頃お迎えに行くと男性スタッフと楽しそうにお話になっており、握手をすると見せかけて、さっと手を引っ込め、ぷいと横を向くという祥さんお得意のフェイント遊びをして笑っている。他利用者様やスタッフから「祥さん、またね！」とたくさん声をかけられて、うれしそうに帰棟されています』（令和元年八月三十日）

皆さんによくしていただいて人間関係も良好なのですが、その反面〝作業室の困ったちゃん〟になっているのも事実のようです。

仕事中のお喋り、例えば〈お風呂には、いつ入るの？〉とか、〈夜ご飯はなに？〉などと尋ねたり、といった無駄口が多くて、スタッフに、「祥さん、お仕事中ですよ！」と注意されたり、隣の席の利用者さんにちょっかいを出して、「うるさい！」と叱られたりしているようです。

棟スタッフの付き添いが要らなくなったことも大きな変化のひとつです。もちろん送り迎えは必要ですが、仕事中の付き添いが要らなくなっています。

『作業室スタッフにお任せして途中退室した当職が再び様子を見に行くと、身体を押し戻すようにして「来ないで大丈夫よ」と仰ったので離れている。作業室からお迎え依頼の電話があるまで当職は付き添っていない』（平成三十年四月四日）

反面、相変わらずなのは集中力の欠如です。

紙ちぎりや積木を使った作業は単純すぎて気乗りがしないようですし、逆に電線剥きの箱詰めなどは、こっちは難しすぎてすぐに飽きてしまいます。

雑音も、これは誰でもそうでしょうが、集中を途切らされる原因になります。特に電話のけたたましいコール音はいけません。

「あああああっー！」

突然のベルの音にびっくりするのでしょう。音量に負けない大声で通話の邪魔をします。

「祥さん、静かにして！」

勢い、職員さんたちはそう叫びながら部屋を飛び出して電話に出るハメになるのですが、その姿を面白がっているようなところもあってやっかいな娘です。ともかく、そんなこんなで集中を削がれた祥が作業に戻るまでにはちょっと時間が掛かるようです。

『電話の音や周りの人の話しかけに集中が途切れると、しばらく遠くを見つめるような目つきをしておられるが、声かけなどをすると気分を変えて作業に戻られる』（令和元年九月五日）

集中力を持続したり、取り戻したりするのはなかなか難しいことです。好きなことならまだしも、苦手なこととなるとその難しさは、ぼくにも分かります。

動機付けでしょうね。それがあると仕事にも張りが生まれますし、楽しくなります。

その動機付けのひとつとして、作業スタッフの皆さんはB六判ほどの『作業カレンダー』を作ってくださっています。そこに参加ごとにひとつ『よくできましたスタンプ』を押してくれて、「紙を丁寧にちぎりました」とか「作業室を盛り上げてくださりありがとうございました」といったメモ書きを添えて祥に渡してくれています。これって、大きな動機付けになっていると思います。

ちなみにこの『作業カレンダー』を、ぼくらは祥の作業報告書として年に一度受け取ります。通知票を渡される日の親の心境です。

お大事グッズいろいろ

祥はお宝とも言えるお大事グッズをいっぱい持っています。それらのうちのいくつかは子どもの頃からの物ですし、園に入ってからの新しい物もあります。

でも、当人には確かにお宝ですが、第三者から見れば「なに、それ？」みたいなガラクタばかりです。ま、お宝なんて、どっちにしてもそんなもののようですが。

そのうちのトップ・オブ・ザ・トップは、何度も登場している「ママのテープ」です。朝な夕なに聞いて、祥にとっては精神安定剤的な、そして時には精神昂揚剤的な役割を果たしています。

「二番目は」、「三番目は」と順番を付けることには憚《はばか》りがあります。順序を付けられるのは祥であって、ぼくではないからです。ということで、残りは列挙します。

○ハンド&ネイルちゃん

縦十五センチ、厚さ二センチくらいのハンドクリームの空き容器です。

スタッフの中には「あのプラスチックの箱」みたいな、失礼な（?）呼び方をしている人もいるようですが、祥にとっては物と言うよりも友だちです。

表面には『ハンド&ネイル』の商品名と女性の手のイラストが、裏面には「なめらかな手と丈夫な爪のために」という宣伝コピーと説明書きが印刷されています。もちろん商品名に「ちゃん」は付いていていません。

祥はこの容器がいたく気に入っていて、珍しく静かにしているなあと思っているとこの容器で遊んでいます。拙著『ただいま奇跡のまっさいちゅう――ある障害児と家族の18年6か月』（小学館）に、容器の概要と遊び方についての記述がありますので引用します。

『（気に入った理由のひとつは）すべすべとした感触と適度な硬さではないかと思う。と言うのも、祥はぬいぐるみや、（中略）布製の人形類が一切嫌いなのだ。（中略）ハンド&ネイルちゃんにはその柔らかさがない。（中略）もうひとつ気に入っているのが手のイラスト。（中略）気味悪そうにちょっと指先をふれては、「ひえっ！」と奇声をはっして指をはなしたり、裏返しにして見えなくしたり、容器を放り投げたりして遊んでいる。（中略）両の親指の腹で容器をこすって、キュッキュッという音をたてる遊び』

この遊びを始めたのは十歳になった頃からで、園に入所した今も続いています。

もちろん初代ハンド&ネイルちゃんはとっくにお役御免になっていて、今のが何代目なのかは、残念ながら分かりません。いずれにしても数代を経ているのは間違いありません。

○ファミリーフォト

　これには一枚と一組の二種類があります。

　一枚の方は入所の直前に撮った家族写真です。この本の冒頭「自立への五十キロメートル」で騒々しく登場していて、今も祥のベッドの頭の上に貼ってあります。

　もうひとつが、以下に紹介する七枚組写真セットで、最近園に届けたものです。

　パパ、ママ、二人のお姉ちゃん、三人の甥っ子の計七名、七枚の顔写真とメッセージが、A四判アクリルケース入りのセット組になっています。園ではこれを祥とのコミュニケーション促進ツールとして使ってくれています。たとえばこんな具合にです。

　写真セットを見せて祥に尋ねます。

「祥さん、これは誰ですか？」

「ママ！」

「そうですね。ママはなんて言ってるかな？」

「うふふふ……！」

　スタッフがママのメッセージを読みます。

「さっちゃーん、たくさんご飯食べてますか？」

すると祥が、「うん！（食べてるよ）」、または「う～ん！（食べてない）」と答えます。うん、う～んで答えられる問いかけ方になっているのが、このメッセージのミソです。

「じゃあ、これは誰ですか？」

「パパ！」

そんな調子で祥とスタッフのコミュニケーションが続きます。なお、このメッセージは差し替え可能です。

以下はスタッフからの感想メールです。

「新しいファミリーカード、ありがとうございます。祥さんは写真を見たりメッセージを聞いて、とてもうれしそうにしていらっしゃいます。初めは私だけで使っていたのですが、今ではスタッフ全員で使っています。祥さんとしっかりとお話しすることが出来るツールだと確信しましたので、今後は使い方を一層工夫していきたいと思っています」

今朝も、「祥さん、今日は誰にする？」なんてやってるかもしれません。
○ドラムセット
「音楽活動」に登場しているぼくらからのクリスマスプレゼントです。祥には好評でしたが、あまりにもうるさいということで、五棟の玄関先や体育館での音楽活動など時間や場所を区切って叩かせてもらっているようです。

○ママからの手紙
［夕食・就寝］に登場します。

とりわけ入所一年目の記念日に届いた手紙を祥は大切にしているようです。この手紙はスタッフの手によって丁寧にパウチされて祥の部屋の壁に今でも貼ってあります。たまには〈読んで！〉ってお願いしているようです。
○手甲
ママお手製の素敵な刺繍入り手甲です。絵柄は熊とかリスとかの愛らしい動物の顔だったり、四季の花々だったりいろいろです。［くつろぎタイム］ほかに何度か登場しています。

7――［入浴］　祥はお風呂好き

「祥さーん、お風呂どうぞ！」

脱衣所から松下未知さんの声が祥を呼んでいます。

「ん！（入らないよー）」と、祥。

「えー！　祥さん入らないんですか？」

すっごく意外！　といった感じの声が返ってきました。

祥はお風呂が大好きです。町田福祉園への入所を検討していたときも、「毎日お風呂に入れるんですって！」が、入所への決め手のひとつになったくらいの風呂好きなのです。

ちなみに、数か所でしたがぼくらのショートステイ体験でも、入浴は一日おきという施設が結構あって、毎日というのは少数派だったような気がします。

そんな風呂好きな祥が〈入らない〉ってどうしたことでしょう？

と思っていると、いたずらっ子のような含み笑いを浮かべた祥が脱衣所に消えていきました。

「私をからかったんですか？」

「うん！」

「いつも一番乗りの祥さんが入らないって、びっくりしましたよー！」

「うふふっ」

「お腹でも痛いのかなって心配して損しちゃったわ（笑）」

脱衣所から二人の楽しそうな話し声が聞こえてきます。

松下さんは新年度になって他棟から移ってきたばかりの五棟の新人スタッフです。今日の昼食外出でも一緒でした。

〈今日一緒にレストランに行ったよね〉

「そうですね。美味しかったですね」

「フォーゲルショイヒエ」で食べた〝ちゅるちゅる〟の話で盛り上がっているようです。若い松下さんは祥にとっては友だち感覚で付き合える数少ない貴重なスタッフなのかもしれません。

お風呂での祥の様子はどんなでしょうか。いつも、どんな会話を楽しんでいるのでしょうか。松下さんに伺いました。

「毎日一時間ぐらい楽しまれていますよ。一番乗りで入っていらして、一番最後までいらっしゃいます」

「一時間も入ってるんですか」

「お家ではどうでしたか」

「さすがに一時間ってことはなかったと思いますよ。でも、最初は母親と入って頭や身体を洗ってもらって、その後ぼくにバトンタッチして湯船で一緒に遊ぶなんてことはしょっちゅうでしたね」

「園のお風呂場はご家庭のよりも広いですし、浴槽も大きいのと小さいのと二つありますから、その二つを出たり入ったりして、祥さんにしてみればプールやスパ感覚で楽しめるんじゃないでしょうか。それにスタッフや他の入所者さんも一緒ですからお話も弾みますし、一時間なんてあっという間なんでしょうね」

「なるほど、それは楽しいでしょうね。どんな話をするんですか」

「その日にあったことなんかを、たとえば誰と一緒にコーヒーを飲んだとか、台車を押すお手伝いをしたとか、そんなことを報告してくださることが多いですね」

「たとえば？」

「きのう、湯船に浸かりながら胸をとんとんと叩くサインをしてこう仰いました。

〈今日、作業に行ったよ。原さんがいたよ〉

そういう意味だと思いました。でも、きのうは本田さんだったはずなので、

『原さんじゃなくって本田さんでしょ』と伺ったんです。

すると祥さんはしばらく天井を見上げて考え込んでいて、もう一度胸をとんとんして、

〈原さんだったよ〉と仰っていました」

「どっちが正しかったんですか？」

「分かりません。でも、祥さんは記憶力がいいんですよ。

ちょっと以前のことなんですが、お体を洗うお手伝いをしていたときに、〈いつ帰るの？〉って尋ねられたことがありました。

それで『まだお仕事が残っていますから、いつ帰れるか分からないんです』と答えて、『祥さん、後で応援しに来てくださいね』と冗談のつもりで言ったんです。そうしたら本当に職員室まで応援に来てくださって。

『お風呂で話したこと覚えていたんですか』と尋ねると、『うん！』と仰ったんです。約束を守ってくださったんですよ。ホント、びっくりしました。

実は、私もお風呂が大好きなんです。ゆっくりと湯船に浸かって、園での楽しかったことなんかを思い出したりしています。祥さんも同じだと思います」

「祥と初めてお風呂に入ったときのことを覚えていますか」

「よく覚えています。私が五棟に移ってきた数日後だったと思います。

祥さんにはお好きなスタッフがいらっしゃるんですよ。そのスタッフに洗ってもらいたそうにしていたんですが、あいにく他の利用者さんの支援をしていましたので、私がお手伝いをさせていただくことになりました。

それで『祥さん、頭を洗いましょう！』とお誘いしたんですが、最初は『ん！（嫌だ）』と拒否されてしまって。でも、『洗わせてくださいよー』と何度か話しかけているうちに、ニヤリと笑って〈いいよー〉とタオルを渡してくださいました。

その後は自傷も他害もなくスムーズに洗髪と洗体を終えてホッとしたのを覚えています」

「いいお話ですね。信頼関係を築くのって難しい?」

「そうですね。拒否と言えばですね。『ご自分で洗ってください』とお願いしたことがあったんです。

その時も最初は『ん!(嫌だ)』でしたが、『お一人で出来るの知ってますよ。他のスタッフにも見せてあげてください』とお話しすると、がんばって洗って見せてくださったことがありました。皆に見られていることや、『すごーい!』『上手!』と声をかけられるのがうれしかったみたいですよ」

「でも、広いとは言ってもやっぱり狭い空間ですから、いろんなトラブルもあるんじゃないですか?」

「そうですね。祥さんには五棟に苦手な入所者さんが三名いらっしゃいます。お二人は男性ですから入浴の際には問題になりませんが、もう一人が女性入所者さんなんです。

その方と祥さんが鉢合わせしないように入浴時間などをずらしているのですが、そうもいかないときがありまして、先日こんなトラブルがありました。

お風呂から上がって脱衣所で祥さんの体に塗る塗布薬の準備をしているときにちょっと目を離したんですね。その隙に苦手な入所者さんが祥さんの肩に手を伸ばしたんです。その方に悪気があったわけではないと思いますが、体の小さい祥さんにしてみれば、強い力で引っ張られた感じだったんでしょうね。驚いて左右の手首を噛んでしまったんです」

「ありそうなことですね。で、血が出るほどの噛みつきだったんですか」

「いいえ。幸い手の処置が終わって手甲をしていましたから傷にはなりませんでしたが、私も驚きました」

「手甲をしててよかったですね。してなかったら大変だ」

「そうなんです。そうそう、大変と言えばですね。あっ、これ、お話ししちゃっていいのかな？」

　そう言って口に手を当てる彼女に、ぼくは言いました。

「大丈夫ですよ。もうなにを聞いても驚きません」

「着替えのときに、お手伝いをしていたスタッフのお腹を祥さんが抓《つね》ってしまったことがあったんです」

「えーっ！　笑いごとじゃないですよ！」

「『痛くしたら着替えを手伝えません。お一人でお願いできますか？』とお伝えしたら……」

「当然ですよー！」

「そうしたらですね、祥さんたら、そのスタッフのお腹をさすってくださって。でも、その後シュンとしてご自分で着替えをしてたんだそうです」

お風呂場は脱いだり着たり、洗ったり拭いたりという祥さんの苦手とする生活動作がいっぱい必要な場所ですから、自傷や他害に繋がることも結構多いんです」

「そうでしょうね。腕が袖に上手く通らないと言っては噛み、突然体を触ったと言っては噛み、挙げ句の果てに職員さんを抓ったり。本当にやっかいな祥です」


形勢が悪くなったところで、タイミングよく湯上がりのほてった顔をした祥が出てきました。

「上がるの、ずいぶん早かったんじゃない？」

ぼくの問いかけに、入浴介助をしていた山橋さんが、祥に代わって答えてくれました。

「そうなんです。一足早く出た私たちが脱衣所でワイワイやっていたのね。そうしたら、楽しそうだなあと思ったのかしら？　祥さんが『私も混ぜて！』って感じで、珍しく早く湯船から上がっていらっしゃったんですよ。そうよね！」

「うん！」と、祥が答えます。

「祥さんは、今日はたくさんお手伝いしてくださったんですよ」

「なんのお手伝いをしたの？」

ぼくが祥に尋ねると、山橋さんが言いました。

「まず最初はお風呂にお誘いしたときね。私が塗り薬の入ったケースを持っているのをご覧になって、〈持ってあげる！〉って仰ったんです。そうだったわね」

「うん！」と、祥。

「お願いすると両手でしっかりと持って、がんばって脱衣所まで運んでくださったんですよ。それで、『いつもの場所に置いてくださいますか？』とお願いしたら、きちんといつもの台の上に乗せてくださったんです」

「さっちゃん、すごいじゃない！」と言うぼくに、

「もうひとつあるんですよ。ねえ、祥さん！」

山橋さんがそう言うと、祥は「うふふふっ」と笑っています。

「美咲さんの体をバスタオルで拭いてくださったんです。〈貸して！〉って、私の持っていたタオルを取り上げて、ね。

祥さんありがとうございます。祥さんは優しいですねとお伝えして、『お礼に、今度は祥さんの着替えをお手伝いしますね』と言うと、祥さんは猫の絵柄のパジャマと私を指さして、〈これ買ったのあなたでしょ？〉と仰るんです。『そうですよ』とお答えするとうれしそうにな
さって、私をハグしてくださったんです。そうだったわね？」

祥は、猫のパジャマの袖口をちょんちょんと引っ張って、照れくさそうに笑っていました。

日中活動いろいろ

楽しいお風呂タイムも終わって、園の一日も残すところ夕食を食べて眠るばかりとなりました。

朝ご飯を食べて、時間を持て余したくつろぎタイムをなんとかいなして、音楽活動で先生とベートーベンの「悲愴」を連弾して、昼食外出で美味しいスパゲッティを食べて、園に戻って作業活動をこなして、お風呂に入って。

これが今日の祥の一日でした。

では、明日の祥はどう過ごすのでしょうか。明日も今日の繰り返し！　って、そんなわけはありません。

三度の食事と入浴は同じです。

もちろん、昼食は明日も外食！　なんて贅沢が出来るわけではなく、晴れの日もあれば褻《け》の日もあります。明日はいつもの生活に戻って昼食は園内で摂ります。

変わるのは日中活動です。

園の日中活動には、今日祥が参加した「音楽活動」と「作業」の他に、「レクリエーション・スポーツ」、「ジョイフル・ミュージック」、「園芸活動」、「陶芸活動」、「公園清掃活動」などがあります。

祥はこのうち音楽活動からジョイフル・ミュージックまでの前記四活動に参加しているのですが、その組み合わせは毎日変わります。

そして広い意味での日中活動には、さらに「散歩」、「ドライブ」、「買物」、「お手伝い」なども入りますから、メインの四活動のいずれかひとつ、あるいは二つに、サブの（という言い方は変かもしれませんが）いくつかの活動が組み合わされ、それがとっかえひっかえされることになります。

たとえば午前中は「レクリエーション・スポーツ」と「散歩」、午後は「ドライブ」と「お手伝い」といった具合です。

と言いますか、実は逆なんじゃないかと、今日一日祥に付き合って思うようになりました。

前者は確かに派手で楽しめる活動ですが、頻度からすると散歩やお手伝いよりも少ないんじゃないか。後者、つまり散歩やお手伝いは地味な活動かもしれませんが毎日ありますから、入所者の生活リズムを作り上げていくには欠かせない活動なんじゃないか。

入所者目線で言えば、こちらの方が重要な活動なんじゃないか。音楽活動や作業は、メインというよりも、むしろスペシャルな活動と位置づけた方がいいのじゃないか。ぼくはそう思いました。

と、それはともかくとして、祥が参加している他の活動について触れておきましょう。

□レクリエーション・スポーツ

略して「レクスポ」と呼ばれています。

主として身体を動かすことを目的に構成されていて、トランポリン、ボーリング、バルーンなどを楽しみながら身体を動かします。いろんな人たちと触れあえて、得意なトランポリンもあるこの活動が祥は大好きです。

まず、入所直後の活動記録です。スタッフの皆さんが祥の様子をよく観察していることが分かります。

『柔軟体操から参加しています。先生の動きをよく見て真似をしています。トランポリン、リトミック、エアロビ、ウオーキングなど、拍子をとったりジャンプをしたりといった動きは得意なようで積極的にやっています』(平成二十四年五月三十日)

観察と言えば、やはり入所直後に次のような記録があります。広い意味での日中活動のひとつ、散歩中での出来事です。

『散歩でブランコに行きました。〈お茶を飲みたい〉、〈トイレに行きたい〉とさかんに仰っていましたが、お茶はほんの一口飲んだだけ、トイレは行く様子はありませんでした。表情は明るく笑顔も多く見られましたので、こうした冗談がお好きな方なのでしょうか。初めての散歩でしたので〝お試し〟されていたのでしょうか』（平成二十四年五月二十六日）

鋭い観察です。

笑っちゃいます。いえ、笑ってはいけません。祥にはこうした一面が確かにあるのです。冗談好きという話し序《つい》でに、もうひとつの挿話を紹介します。

『就寝前、「お茶を飲みたい」とのことで、「お茶を取ってきますからお薬持っててくれますか？」と塗布薬を渡して、そして職員室から戻ると、パジャマの襟元に薬を隠し、両手を広げて、「あ〜！〈薬、ないよー〉」とふざけていました』（平成二十八年十一月十日）

レクスポに関する記録に戻ります。

『体育館に着くと、スタッフを手で押しながら〈あなたはここまで。ここからはレクスポの職員さんに手伝ってもらうから〉とジェスチャーで伝えてくれています』（平成二十五年十

月一日）

『トランポリンに参加しています。とても好きなアクティビティらしく自分から進んでマットの上へ。座った状態で二十回。浮遊感を楽しんでいる様子でした』（平成二十五年一月二十五日）

『トランポリンを一緒に跳んでくれた通所部の女性スタッフが「腰が痛い」と話していると、〈大丈夫？〉といった様子で摩《さす》っていました。お礼を言うと、うれしそうに「きゃははー！」と笑っていました』（平成二十八年八月十二日）

トランポリンは祥の得意種目です。立って跳んで、座って跳んで、寝転がって跳んで。幼かった頃の祥を思い出します。

□ジョイフル・ミュージック

通称「ジョイフル」と呼ばれている活動です。ピアノ演奏にあわせて、歌ったり、楽器演奏をしたりします。玉入れなどの身体を動かす種目やマイクパフォーマンスを楽しむコーナーもあります。

音楽活動との違いは微妙ですが、祥の大好きな活動です。
『本日のジョイフルはカラオケ大会でした。祥さんは「おはなしゆびさん」を歌いました。♪この指パパ♪の歌詞に大笑いしながら、「パパパパパパ～！」と絶叫していました』（平成二十四年六月二十九日）
『ピアノの演奏に合わせてハンドベルを鳴らしたり、「あなたはどんな人が好きですか」という歌ではマイクに向かって「ママ！」と答えています。玉入れでも〈私もやりたい〉と意気揚々参加しています。四個入れて得意そうでした』（平成二十九年六月十四日）
『借り物競走の「おもしろい人」枠に祥さんが選ばれました。確かに祥さんには剽軽《ひょうきん》なところがあります。選ばれた意図を理解してか、マイクを向けられると、いつもよりも剽軽に「ぱぱああ～ん！」と声を張り上げていました』（平成三十年四月二十五日）

□散歩、ドライブそして買物

体調などが悪くない限り一日一回は散歩あるいはドライブに出かけています。

祥は散歩が大好きです。だからって、歩くことが好きなわけではありません。むしろ苦手で、嫌いです。ですから大抵の場合は車椅子で出かけます。

では、散歩のなにが好きなのかというと、やっぱり人との触れ合いが出来るからです。たとえば車椅子で道を行けば、地域のさまざまな人たちと出会えます。祥はフレンドリーな性格をしていますから、すかさず「ああ！（こんにちは）」と話しかけて、あわよくば握手をしたり、頭を撫でてもらったりします。コンビニに入ればレジのお兄さんやお姉さんに同じことを要求して、同じことをしてもらって喜んでいます。

『行きたい場所を尋ねると〈あっち！〉と指さしている。その方向に向かうとローソンに辿り着きました。飲物は持って来ていますよと話しながら店内へ。チョコを買うとのことでレジへ行って店員さんとのやり取りを楽しんでいました』（平成二十四年十一月一日）

『ドライブに出かけています。コーヒー好きな方が多かったのでスターバックスに向かいました。祥さんはクルマの揺れに合わせて体を右や左に傾けて楽しんでいました。ジェットコースターみたいですねと言うと、「うん！」とうれしそうでした』（平成二十九年五月三日）

実は、この散歩には二種類あります。一つは日中活動としての正式な（？）散歩です。正式なとわざわざ書いたのは、もう一つイレギュラーな散歩があるからです。

「くつろぎタイム」でお話し済みですが、祥は退屈をするとぐりぐりを始めます。ぐりぐりは目に悪いですから、スタッフとしては極力抑えたい行為です。声かけや手伝いをさせることで気持ちの切り替えを促すのですが、どうにも治まらない場合があります。最後の手段がイレギュラーな散歩なのです。

イレギュラーな散歩は、短時間、しかも主に園内の散策で、スタッフのご機嫌がすこぶるよければ（?）、近くのコンビニまで足を伸ばしてくれますが、それは例外中の例外です。もちろん原則、歩きです。車椅子に乗りたいと言ってもスタッフはそこまで甘くはありません。

でも、園内だけの散歩だって、車椅子なしの散歩だって、祥にとっては棟内でジッとしているよりはずっとマシです。園内だって他棟のスタッフや入所者の皆さんが行き交っていて、人との関わり合いは十分すぎるくらい出来るからです。なかには「祥さーん！」と呼びかけてくれる人もいます。もちろん祥も「おーい！」と応えて積極的にコンタクトします。

中島さんが笑いながら言います。

「私、祥さんのお陰で、それまで挨拶程度しかしたことがなかった守衛さんとも言葉を交わすようになったんですよ」

これは、とてもうれしい一言でした。祥は人と人とを結びつける触媒みたいな役割も果たしているのですね。

□お手伝い

ぼくらは入所の当日から「祥をこき使ってください」と、しつっこいくらいに園にお願いしてきました。お手伝いをすれば「ありがとう」とお礼を言われます。人に感謝をされること、人の役に立っていると感じられることってとても素敵な体験です。それは自己肯定力の強化にも密接に繋がっていくとぼくは信じています。

「私は、ここで生きていていいんだ！」

「私の人生には価値があるんだ！」

祥にはそう感じ続けていてもらいたいのです。

ちなみにぼくらが年度末に受け取る『伊藤さんのお手伝いカレンダー』には、その日にしたお手伝いの内容が一年間にわたって記録されています。

たとえば、こんな具合です。

「食堂の掃除、ありがとうございます」

「一緒にタオルをたたんでいただきました」

「リネン交換のお手伝い、ありがとうございました」

「エプロン干しのお手伝いをしてくれました」

「皆の歯磨きコップを運んでくれました」

「管理棟まで書類やコピー用紙を届けてくれました」

時にはこんな書き込みもあります。

「倉庫に物品を取りに行くお手伝いをお願いしています。その際、スタッフを倉庫に閉じ込めて笑っていました」

8――［面会］〆は必ず「マックでポテト！」

日によって活動の組み合わせが変わります。ということは前記しました。変わるっていいことです。毎日同じことの繰り返しでは飽きてしまいますから。ただし変わるのはいいのですが、数が減るのは困ります。特に祥にとっては、です。

祥はひとり遊びが苦手です。活動の数が減れば、自ずと自由時間が増えます。自由時間は、祥にとっては即・退屈時間なのです。小人閑居してナントヤラということわざがありますが、祥にとっても碌なことになりません。退屈して、イラついて、自傷して、他傷に繋がって……、となる恐れがあるのです。

でも、活動数が減る日があります。決まって週末です。

そこでぼくらは活動数が減る週末に狙いを定めて祥を訪ねることにしています。月に二度。第一土曜日と第三日曜日です。このスペシャルな一日を、ぼくらがどんな過ごし方をしているかを報告します。


『「祥さん、明日パパとママが来ますよ」

朝ご飯が済んだ直後にそうお伝えすると、一瞬思いを巡らすような顔つきをして、それから「やっぱりな！」という顔つきに変わって抱きついて来られました』

こう始まる『祥さんの生活記録』は、次のように続きます。


『お父様とお母様の来園をお伝えした直後からの祥さんは、その日一日中、いいえ、次の朝の散歩中も「パパとママが来るよ！」と、会うスタッフ、会うスタッフに報告していました。

そしてついには、作業担当者から「祥さん、仕事に集中！」と注意を受けるほどでした。

就寝前の居室でも「パパ、ママ、マック、コーヒー」を連発してニヤニヤしていましたので、「明日のためにゆっくりと休んでください」とお伝えすると、「うん！」と笑顔で返事をして横になられました。

　当日は、お母様から「十一時半頃に迎えに行きます」という電話が入りました。急いで余所行きの服に着替えて車椅子の準備をしているところへご両親が到着されました。

「祥さん、いいなあ。今日もお寿司ですか」

　玄関を出たところですれ違った岸本順一棟長からそう声をかけられて、祥さんは「うん！」と、ご機嫌で昼食外出に出られました。

　帰棟されたのは十五時ちょっと前でした。お母様とのお別れが寂しかったのか、「ママ！」と仰って居室で何度もハグをして、お見送りの玄関先でもまたハグをしていらっしゃいました。お母様が帰られた後は少ししょんぼりとした様子で過ごしています。

　夜。ご両親と会って気が高ぶっていらっしゃるのか、なかなか寝付けないようなので居室でお話し相手をしました。相部屋の方との仕切りにしているカーテンにひまわりの飾りが吊されていましたので「誰が吊したんですか？」と尋ねると、

〈ママが飾ってくれたの！〉

〈パパと一緒にお寿司を食べたの〉

〈ママが、ベッドに座ったの〉と、話が尽きません。

新しいパジャマに着替えている最中も、

〈これ、ママに買ってもらったパジャマだよ〉と、ママとパパのお話ばかりでした』（平成三十年六月一日）

毎月一回だった訪問を、なぜ二度にしたのか？

どうやら祥は、週末が分かるようなのです。

『週末だからでしょうか。祥さんの食欲がありません』とか、『ママ、パパと仰る回数が増えています』といった記述が週末の生活記録に頻出します。

日中活動が減ること、スタッフの人数が少なくなること、仲良しの紗都子さんが自宅に戻って棟を留守にすることなどで週末を察知するようです。

そして、「パパとママが来るのは決まって週末だ」→「この週末は来てくれるのだろうか？」と推理を働かせた結果、期待感で胸がいっぱいになって食欲が落ちたり、「パパ、ママ」の発語が増えるという筋書きです。

そこで祥は、自分の推理に基づいてスタッフに尋ねます。

〈パパとママはいつ来るの？〉

その答えは「今日来ますよ」が月に一回で、後の三回は「いらっしゃるときはお話ししますね」という〝空振り！〟になります。

それではかわいそうだということで面会日を増やしたというわけです。

そして新しく加えた面会日を第一土曜日にしたのも、日中活動減やスタッフの員数減で祥の暇、ひいてはぐりぐりが増えるのではないかという老婆心からでした。

さて、冒頭の生活記録から幾つかのことが分かります。

まず分かるのは、この記録が第一土曜日の面会について書かれたものだということです。と断言出来るのは、『お母様から「十一時半頃に迎えに行きます」という電話が入りました』という記述があるからです。第三日曜日ならわざわざ電話を入れることもなく、父母会が終わる十一時半前後だということはスタッフも知っています。

『〝やっぱりな！〟という顔つきに変わった』の〝やっぱりな！〟は、祥に週末が分かることと、週末にはパパとママが来てくれる可能性があるという推理が正しかったことへの〝やっぱりな！〟だということです。

その意味では、この日のレポートは面会日前後の祥の様子を上手にまとめています。

実は、祥の〝やっぱりな！〟には、もうひとつの祥なりの根拠があったことをぼくらは後日知りました。

「さっちゃん、ママが来ること知ってた？」

と尋ねると、祥は、

「ウフフフッ！（知ってたわよー）」と笑っていました。次の日の生活記録で知ったのですが、ハンガーに余所行きの服が掛かっているのを見て、祥は「なにかあるぞ！」と鋭い勘《かん》働きをさせていたようなのです。


では、祥とぼくらがどのように面会時間を過ごしているかをレポートしていきます。

お昼ご飯を食べて、近くのショッピングセンターで買物をして、最後は決まって「マックでポテト！」。面会時間の過ごし方は、ほぼ毎回同じです。

食べるものも決まっています。棟長の岸本さんのお見立て通りお寿司です。近くの回転寿司に出かけます。

祥の好物は、うどんに蕎麦、スパゲッティにカレーライスなどいろいろありますが、なぜか「パパとママとはお寿司！」と決めているのです。

祥を後部座席に乗せ、エイヤッと車椅子をトランクルームに積み込んで（この車椅子の積み込みが年々しんどくなっています）、いざ、出発！ です。

その直後に、後部座席の祥とこんな会話を毎回交わします。

「さっちゃん、今日はうどんにしようか！」

「うーん！（いやだ）」

「じゃあ、お寿司にする？」

「うーん！（それがいい）」

「じゃあ、しょうがないからそうするか」

そしてぼくと妻のどちらかがこう言って苦笑します。

「いやみな親だねえ！」

ホント、いやみな親ですが、いじめではありません。祥もこの〝オヤクソク〟の会話を楽しんでいます。

回転寿司がぼくらにとって好都合なのは、ボックス型になったテーブル席があるからです。ぼくらは必ずその席に座ります。その席がふさがっていたら、開くまで順番を待ちます。

テーブル席がいいのは三方を丈の高い背もたれで囲まれていて、他のお客さんの視線をそこそこさえぎってくれるからです。

祥は、時に大きな声を出したり、大声で笑ったり、メニューを持ってパタパタと振ったりします。そんなとき、ぼくらは非難のではないまでも、好奇の視線を感じます。

「さっちゃん、静かに！」と注意するのですが、それにも限度がありますから。

それでも通路を挟んだ向かい側の三席ほどのお客さんとは顔を見合わせる位置にあります。

その席に幼児が座っているのを見つけると、祥は喜んでその子に手を振ります。手を差し出して握手を求めることもあります。なんせ祥はフレンドリーな性格してますから。

その子もフレンドリーなら、加えて同席の母親か父親が「なーに？」みたいな声をかけてくれたら、「握手がしたいんですよ」と説明をします。

「なに、この子？」みたいに、じっと見つめているだけだったら、

「さっちゃん、お友だちはご飯を食べてるから握手はムリだよ」と祥をなだめます。

いずれにしても、三方を囲んでくれているテーブル席は、そうしたややこしいことからぼくらを救ってくれて助かります。

座席では、ぼくと妻が内側、つまりお寿司が回ってくるレール側に向かい合って座ります。祥は妻の横の通路側です。これが内側だと、きっといろいろなトラブルが発生するでしょうね。実際には座らせたことはありませんが、それは請け合いです。

祥が食べるのは、マグロやサーモン、真鯛、スズキなど咀嚼《そしゃく》しやすいネタです。巻物や軍艦も好きです。それらを十貫ほど食べるでしょうか。途中で、

「さっちゃん、ちゅるちゅる（うどんのことです）食べる？」と水を向けても、

「うーん！（要らない）」と、断固として拒否します。

「そんな物で腹をいっぱいにさせようだなんて、その手には乗らないわよ！」

そういうことなのでしょう。

園から出かけた誕生日外出かなんかのレポートで、「祥さんはウニや大トロ、炙りサーモンなどをおいしそうに召し上がりました」と書かれていたことがあります。

ぼくらとのときは、そんな一皿三百円も四百円もする高いものは食べさせません。大トロなんてとんでもない。マグロなら、せいぜい漬けマグロどまりです。

「しょぼいもの喰わせるなあ！」

祥はそう思っているのかもしれません。

咀嚼しにくいタコやイカなどは、注文はしますが、それらはぼくらの口に入ります。揚げ物も一皿ほど注文します。それらを妻がハサミでふたつに切って口に入れてやります。お寿司屋さんにはハサミが必携品です。

タブレットの画面にタッチして注文するシステムは便利ですね。回転寿司ですから一応お皿は回ってくるのですが、ぼくらはそれらには手を伸ばしません。たぶん皆さんも、そうだろうと思います。もっぱら画面にタッチ！　です。

余談ですが、最近の回転寿司屋さんの中には、寿司ではなくネタ札を乗せた皿が回ってくる店もありますね。

斯《か》くて、小一時間ほどで二十皿ほどを平らげて、締めて二千数百円也。リーズナブルな回転寿司が家族の絆を強めてくれました。めでたし！

食事が済んだら、次はショッピングです。

話は前後しますが、町田市って住むのに便利そうな町です。

街道沿いには日常生活に必要なあらゆる商業施設がびっしりと軒を連ねています。

町田福祉園はJR町田駅からバスで三十分はかかりそうな町外れの住宅街にあるのですが、その周辺でさえコンパスで半径二、三キロメートルの円をぐるっと描けば、その中に回転寿司屋さんもショッピングセンターもマックも全て入ります。

ということで、クルマをくるくるっと回転させるだけで目指すショッピングセンター、アメリアに到着です。

ここには売り場スペースを大きく取った食品売り場や衣料品・雑貨売り場の他に、薬屋さん、本屋さん、パン屋さん、アイスクリーム屋さんから百円ショップ、Y!mobileまでさまざまな専門店が入っています。

クルマに車椅子を積んできたのはこの広い店内をゆっくりと巡って過ごすためです。

ぼくらは、この商業施設が出来て大いに助かっています。

買物が便利になったのはもちろんです。

この日も、祥のTシャツやパジャマが不足しているという話をスタッフから聞いてきましたので買い揃えています。序でに夏帽子も買いました。

買物以上にぼくらが助かっているのは、夏涼しく、冬暖かい居場所を得たことです。ここでなら車椅子に祥を乗せて一時間でも二時間でも快適に過ごせます。

アメリアの存在を知る以前のぼくらは、夏は汗を拭きふき、冬は寒さに震えながら車椅子を押してひたすら戸外を歩き続けていたものです。

マックなんかは当時からあったと思いますが、狭い店舗内で、しかも小さな椅子に座りっぱなしで長い時間を過ごすなんてことは、祥にはとてもムリです。祥はじっとしていることが嫌いです。「あっちへ行け」「こっちへ行け」と指図して、その途中途中で獲物（幼児からお爺さんお婆さんまで）を見つけては握手を求め、〝いい子いい子〟をしてもらいます。

この日も衣料品売り場と本屋さんと百円ショップのレジのお姉さんにお願いして、〝いい子いい子〟をしてもらいました。そのたんびに、祥は「きゃ！」と笑って大喜びをします。

「そろそろ、いいかな」

この日の最終コーナーに、もう向かってもいいかな？

ぼくは妻に目顔で尋ねます。妻が小声で答えます。

「今、何時？」

「二時ちょっと過ぎ」

「じゃあ、いいんじゃない」

妻が車椅子の祥に声をかけます。

「そろそろ園に帰ろうか？」

「うーん（いやだ）」

「じゃ、どこへ行くの？」

祥が唇を指でとんとんして「マックに行く！」と主張しています。

「じゃ、しょうがないからマックでポテトしようか」と、ぼく。

祥が唇をチュッとならして、

〈アイスコーヒーも飲みたい！〉と言っています。

「どうしようかな～」と、ぼく。

「あん！（お願い）」と、甘え声で祥。

完全ないじめです。

いえ、もちろん冗談です。祥もそのことを十分承知していて、「また、いつもの冗談を言ってる」みたいに「アハッハッ！」と笑います。

面会の締めはマックでポテト！　です。なにがどうあってもそうしないと祥は気が済まないのです。

半径二、三キロメートルの中に、面会時に必要にして十分な店が詰まっているエリアですから、マックにも信号を二つ通過するだけで到着です。

「店内でお召し上がりですか」

　制服の胸に初心者マークを付けた女子店員がマニュアル通りの問いかけをしてきます。

「ええ、そうです。ポテトのSサイズとバニラ味のソフトクリームを一つずつ、それから冷たいコーヒーを……」

「アイスコーヒーですね」

「そう。それのMサイズを一つください」

「以上ですか」

「はい、それと氷だけを入れたSサイズの空き容器をお願いします」

「承知しました」

　アイスコーヒーのMサイズは、空き容器に半分を入れてぼくと祥が分け合って飲みます。ソフトクリームは妻のものです。これも、いつも同じです。

　店内はほぼ満席です。

　若い家族連れや近所の大学生の、たぶん桜美林大学の学生だと思いますが、それに高校生、中学生らしき若者が大半です。一組か二組ですが、初老の、あるいはぼくらと同世代かと思われる場違いな（?）カップルがいて、ぼくは彼らの姿を見ると、なぜかホッとします。

小学校の低学年生らしい少女と、年中さんくらいの男の子を伴った若い父親と母親は、ケチャップとマヨネーズでべちゃべちゃに汚している男の子の口元をペーパーナプキンで拭いてやりながら、彼らも黙々とハンバーガーにかぶりついています。

ぼくらも娘たちが小さかった頃はそうしていました。今は、祥はともかくぼくらにハンバーガーはムリです。ましてや昼ご飯を食べたばかりですから。

祥は慣れた手つきで容器のポテトをトレーの上に撒《ま》き広げて、せっせと口に運びながら店内の雰囲気を楽しんでいます。その目はキラキラと輝いています。例えて言えば水場に集まった草食動物の中に紛れ込んだライオンといったところでしょうか。

「あーっ!」と言って、〈お姉さんたちがお話ししてるよ〉と、耳をとんとんして、〈あの人、電話してるよ〉と、ひっきりなしに報告してくれます。

祥の言う「お姉さん」とは、中学生や高校生です。当年取って四十二歳の祥は、彼ら彼女らの母親世代なのですが、いつまで経っても「お姉さん」「お兄さん」なのです。ぼくが「お友だちが?」と言っても「うーん(違う。お姉さんだよ)」と言います。

回転寿司と違って、マックには仕切りがありません。しかも隣のテーブルとは、狭い通路を隔てているだけで、手を伸ばせば握手だって出来そうな近さです。

三方を仕切られた座席の方が快適だと感じているのは、祥ではなくぼくら自身なのかもしれないと、ふと思います。

次回は、祥との面会を終えて妻と二人で入ったあのお蕎麦屋さんに祥を連れて行こうかなあ。祥が「うん！（いいよ）」と言ってくれればの話なんだけど。ぼくはそんなことを考えながら、祥のポテトを一本いただきました。

「見て！　さっちゃんの手首、きれいよ」

手甲を外して手首を見ていた妻が言いました。

「自傷の回数が減ってるのかな？」

「そうだと思うわ」

まさぐるように指を這わせてポテトを摘まみ上げている祥の様子を見て、ぼくは言います。

「どれだけ目が見えているんだろうね」

「ぼんやりとしか見えていないのかも」

祥は周囲のお客さんたちの会話に耳を傾け観察しています。ぼくらは祥の様子を観察しています。

マックでのわずかな時間は、祥にとってもぼくらにとっても観察のチャンスになっています。

ぼくは祥に話しかけます。

「さっちゃん、まだ園に戻らなくてもいいよね」

「うーん！（もう帰りたい）」

「せっかく遠くから会いに来たんだから、もっと遊んでよー！」

「うーん！（これだけ付き合ってあげたんだからもういいでしょ！）」

「じゃ、しょうがないから帰ろうか」

「うん！（そうしよう）」

これも、オ・ヤ・ク・ソ・クの会話です。

ぼくらも疲れていますので、渋々を装って、内心「やれやれ、助かった！」とほくそ笑みながら園に戻ります。そして駐車場で、車椅子の祥と「ハイタッチ！　ロータッチ」を三回繰り返して、ぼくは祥とバイバイします。祥は妻に車椅子を押させて五棟に向かいます。

「おーい！」と祥が大きな声で叫んでいます。

〈みんな〜。さっちゃんが帰ってきたぞ！〉そう知らせているのです。

このように、祥はぼくらとの面会時間を過ごします。ぼくらが帰った後の祥の様子は、この項の冒頭で書いたように、しばらくは寂しそうにしていますが、すぐに切り替えてぼくらと過ごしたあれこれを楽しそうに喋るのだそうです。

蛇足になりますが、面会の約束が果たせなかったときの祥の様子を『祥さんの生活記録』から転載します。インフルエンザなどの流行で棟が閉鎖されたり、台風で高速道路が使えなかったりといった理由で面会に行けなかったことがここ六、七年の間に二、三回はありました。
『台風でご両親がいらっしゃれないことを聞き、落ち込んでいます。食堂で伏せっていたり、仲良しの茂雄さんの側で過ごしたりしています。夕食時、入浴時、自傷頻り。ご両親に会えなかったことなど、思うところがあるのかもしれません。就寝前、「パパ」との発言が多く聞かれる。「来月に会えるといいですね」とお伝えすると「うん」と仰り、ご両親に会えるのを心待ちにしている様子です』（平成二十五年九月十五日）
『台風が去ったのでご両親が会いに来られると伝えてカレンダーに大きな赤い丸を書き入れると、とてもうれしそうに「パパ、ママ！」を連発していらっしゃいました』（平成二十五年九月十七日）

〈追記〉

今回の新型コロナウィルスの流行で、ぼくらは令和二年二月二十五日の面会を最後に半年間以上も祥を訪問できないでいます。しかも、この状況がいつまで続くのか見当もつきません。こんなに長い間会えないでいるのは初めてのことです。月に一度のＬＩＮＥビデオでのオンライン面会で元気な姿を確認はしていますが。反面、じっと我慢して面会の時を待っている祥の姿に成長を感じているのもうれしい事実ではあります。（令和二年九月十日）

病気のときの園の見守りと対応

ぼくらが面会に出かけられるのは、月に一度か、せいぜい二度です。時間にすれば、合わせても七、八時間といったところでしょうか。それ以外のすべての時間の生活支援を、ぼくらは園に委ねています。幸い園はよくしてくれていますし、祥もそこでの生活を楽しんでいます。有り難いことです。

でも、いいときばかりではありません。病気になることもあります。そのとき園はどう対応してくれているのでしょうか。いくつかの事例を以下にレポートします。

祥には、痛みを感じる能力が鈍いのではないかと思わせる書き込みが『祥さんの生活記録』に時々見られます。

たとえばこんな記述です。

『健康診断のため採血を受けています。血管が細く何度も針の刺し直しをされて痛そう。そ

の間、特に拒否も見られず、慣れた様子で受けられていました』（平成二十四年十一月十六日）

『歯科医師から奥歯に磨き残しが多いとの指摘を受けて、念入りに磨いています。歯茎から多少の出血が見られましたが、特に痛がる様子もなく頑張ってくださいました』（平成二十六年一月二十日）

『作業からの帰りに五棟の玄関で左手をドアに挟まれてしまいました。外傷、痣、腫れはありませんでしたが、経過観察が必要です。入浴後に確認しましたが、異常はありませんでした。本人も特に痛がっている様子はありません』（平成三十年三月二十二日）

それが幸いなことなのか不幸なことなのかなんて悠長なことを言っていられない出来事がありました。

平成三十年十一月二十日の午後三時過ぎに、園から電話連絡が入りました。蜂窩織炎《ほうかしきえん》の疑いで、祥が市民病院の歯科口腔外科に出かけているという内容でした。

「腫れが広がって気道を塞いでしまうことがあるので、至急然るべき病院の診察を受けるように」という園の歯科医の指示による措置ということでした。ぼくらは、その二日前に毎月恒例の第三日曜日の面会をしてきたばかりでしたので驚きました。

実はその面会の折に、祥の左頬がちょっと腫れているのにぼくらは気づいていました。でも、祥はまったく痛がっている様子もなく、好物の寿司をペロリと十四貫も食べて、マックのポテトも美味しそうに頬張っていましたので、「心配することもないだろう」と高をくってバイバイしてきました。

以下にその病気の検査から治療、快癒までの経過を複数の五棟スタッフと妻の間で交わされたメールで紹介します。

十一月二十日　二十一時十分、園から

「市民病院で血液検査とレントゲン検査を受けました。結果、炎症値は低めとのことで、左側奥から二番目の歯に菌が繁殖し、黒くなっていることが分かりました。恐らくこの歯が腫れの原因だろうという診断でした。カルテには蜂窩織炎ではなく急性根尖性《こんせんせい》歯周炎、左側下顎歯性顎炎とありました。

処置としては部分麻酔で口腔内から注射器等で膿を出せるだけ出しています。その後、膿が少しでも出ていくようにシリコンチューブを口腔内の膿の出口に取り付けてもらっています。また、抗生剤の点滴も行い、帰園しています。

今後は明日、明後日は口腔内の消毒のため通院予定となっています。腫れと炎症が治まり次第、原因となっている左側奥から二番目の歯は抜歯しなければならないとのことでした。

祥さんの様子は、本日の通院が四時間弱になってしまい少々お疲れですが、帰棟後は夕食も召し上がり、スタッフの賞賛に笑顔も見られています。「祥さんは頑張りましたよと、ママに報告しておきます」とお伝えすると、〈パパにもね〉と仰っていました。

ところが、夕食後に様子を確認すると腫れが下顎のところまで広がって来ているようでしたので市民病院に連絡をすると、再通院の指示を受け、再診察に出かけられています。どのような処置になるか分かりませんが、緊急性の高い場合は電話連絡させていただきます」

同日　二十三時三十分、園から

「新たに別の場所に膿が溜まっている可能性があり、切開が必要かもしれないとのことで、確認のためのCT撮影をしています。結果、腫れの原因はむくみでした。喉まで腫れていますが気道を塞いでしまう危険性はないとのことで、簡単に口腔内の洗浄をしてもらい、園に戻っています。むくみは時間の経過と共に引いていくと思われます。

何度も連絡をし、ご心配をおかけしましたが、今日のところは大丈夫そうですのでご安心ください。祥さんは少々お疲れ気味ですが、いつもの通りのお喋りもされています。また、明日経過をご報告します」

翌日　九時十六分、妻から園へ

「その後の様子はいかがでしょうか。いろいろとご心配をいただいてありがとうございます。通院の付き添いで、さぞお疲れのことと思います。改めてお礼申し上げます。

祥ですが、あれだけ腫れていたにもかかわらず、それほど痛そうな様子を見せていませんでした。痛みに鈍いのでしょうか。以前、そのようなことを聞いた記憶もあります。いずれにせよ、だいぶん化膿が進んでいたのですね。痛みを訴えないことで事の重大性を見落としてしまう、そんなことに繋がる危険性もあるのですね。

祥にとっては痛みを感じない方がストレスにならずに幸いとも思うのですが、複雑な気持ちです。このまま腫れが引いてくれることを祈っています」

同日　十時十分、園から

「病院でも普段通りにご飯を召し上がっていると報告すると、医師もナースも驚いていました。祥さんが痛みや不調に鈍感な分をフォローできるよう、早速園内医務科と相談し、観察を一層強化し、速やかに訪問医科に繋げていくことになりました」

引用が長くなりました。

痛みは脳が発する注意信号だということを聞いたことがあります。痛みに鈍感なのは祥特有なことなのか、知的障がいのある人や、ひょっとしたらお年寄りにもありがちなことなのかは医療の門外漢であるぼくには分かりませんが、もしも祥のケースが例外的なことではないとすればばと思い、老婆心までに引用を続けた次第です。

なお祥の歯茎の腫れは、その後一週間ほどの内に治まって、十二月十四日に抜歯も無事に済んだという報告を受けています。

ということで、この件は一件落着したのですが、祥にはこの他にも幾つかの持病があります。その代表格がてんかん発作と角膜水腫《かくまくすいしゅ》なのですが、五棟スタッフの皆さんには心配のかけ通しで、先の予期しない病変時と同様、妻への頻繁なメールの発信とそれに伴う受発信で、ぼくらは遅滞なく現況を認識し、経過把握をしています。

ここでは『祥さんの生活記録』を引用しながらスタッフの皆さんの見守りと対処の様子をご紹介していきます。

まず、てんかん発作の記述です。

『二十二時頃居室に伺うと、いつもよりも鼻息が荒く、確認すると眼球が上転しており両目は充血し、枕カバーに血が付着していた。本人は左側臥位《そくがい》になっている。直ぐに電気を付けて声をかけたが反応がない。歯にも血が付いていて、発作により舌を噛んでしまった様子。この様子は他スタッフにも確認してもらった。

検温すると三十六℃、酸素濃度九十九だった。祥さんの緊急対応書には「嘔吐発作が見られた際はダイアップ使用」となっていたので、二十二時十五分、ダイアップ使用。以後もしばらく意識もうろうといった状態が続き、声かけに反応なく、血の混じった鼻水も出ている。二十二時三十五分、入眠。零時過ぎ、失禁しており、声をかけると起きられる。「無理してトイレに行かなくてもいいですよ」と話してリネンを交換している。以後、三十分おきに見守りをしている。ぐっすりと休まれており、発作は落ち着かれている様子。三時頃スタッフを呼ばれてトイレに行かれている』（平成二十八年三月十一日）

翌日の祥の様子とスタッフの対応は以下の通りです。同じく『祥さんの生活記録』から。

『いつもよりもゆっくりめに起床。発作の影響はなく元気そうな様子。

発作の報告でご家族に電話連絡を入れています。祥さんは元気で食事もしっかりと摂れていること、一概には言えませんが今までなかった生理が来たことと関係があるかもしれないとお話ししています。

お母様からは「それもあるかもしれませんね。祥の場合、てんかん発作は入眠してから一時間以内に起きることが多いので、これからも気をつけて見ていてください。発作の次の日は意外とケロッとしているでしょ。家でもそうだったわ」と話されていた。就寝から夜間帯にかけてしっかりと見させていただくことをお伝えすると、「お願いします。あなたもびっくりしたわね」と気遣ってくださいました』（平成二十八年三月十一日）

次に角膜水腫の記述です。

角膜の中央部分の厚みが薄くなって角膜が前方へ円錐状に突出する病気を円錐角膜といいます。これにより角膜のゆがみが生じて視力が低下します。目をこする癖のある人に多いそうですから、祥の場合はぐりぐりによる刺激が原因なのかもしれません。

この症状が進行して角膜の内側の膜が破れ、角膜内に房水という水が溜まるようになる病状が角膜水腫です。祥は今、この症状にあって、悪くすると失明の危険があります。

『寝起きの影響もあるのか、昨日よりも右目の腫れがひどくなっているような気がする。なかなか目が開かない。しばらくして開いてきたが、右目の眼球がゼリー状になっていた。本人に確認すると、〝痛い〟とのことだった』（平成二十九年十月十五日）

翌日の記述です。

『目の赤みと腫れが悪化しているとの引き継ぎがあったので、管理棟で缶コーヒーを購入したおりに、視力確認のため缶をゴミ箱に捨ててきてくださるようお願いしてみた。しっかりとした足取りでゴミ箱まで伝い歩きしている。席に戻るときも歩きはスムーズで視力の低下は感じられない』（平成二十九年十月十六日）

同日、午後の所見です。

『外部眼科に受診。「目をこすらないように」と指示を受ける。ドクターの指示を受け、メガネの着用をお願いしている。「似合いますよ！」とスタッフに声をかけられ、うれしそうにかけている』（平成二十九年十月十六日）

ちなみに祥は、初めてこの病気を発症した十六歳の頃から眼鏡をしていて慣れています。

次の記述は、翌日のものです。

『右目の赤みは昨日と変化がないようだが、眼球中央が白く濁っているように見える。医務に診ていただき、外部眼科の再診を受ける。膨らみや白い濁りがなくなったら角膜が破れた証拠なので直ぐに来院してくださいとのことだった』（平成二十九年十月十七日）

四日後の記述です。

『就寝前、十九時半頃にお母様から電話連絡が入る。三時間おきに点眼していること、赤みは大きく改善されたことをお伝えしている。安心されていた』（平成二十九年十月二十一日）

医療体制が整っていることと二十四時間態勢の見守りを必須条件として入所施設選びをした結果として、町田福祉園に辿り着けた幸運を改めて感じると共に、園、殊に五棟スタッフの皆さんの献身的なご尽力にはお礼の言葉もありません。併せて町田市民病院を始めとする地域の医療機関の皆さんにも感謝します。

しかしながら知的障がい者の診療や入院の受け入れに消極的な医療機関が、まだまだ多いとも聞いています。その意味では知的障がい者の施設のみならず老人介護施設にとっても、そうした方々を医療弱者にしないためのご理解と支援体制の構築、整備拡充は喫緊の課題です。

関係者の皆さまのご理解を切にお願いいいたします。

9――〔夕食・就寝〕 わたしのおうち

デイルームのカーテンをちょっとめくって外を覗《うかが》うと、薄闇に包まれた園内を、そこだけほのかに照らしている照明灯の光の中に卯木《うつぎ》の白い花が浮き立って見えています。

その向こうの真向かいの建物は厨房や洗濯室が入っているサービス・厚生棟で、この時間になってもまだ煌々と明かりが点っています。夕食が終わったこの時間帯は、食器などの後片付けなどで忙しさのピークを迎えているのでしょうか。

五棟のデイルームでは、お腹もくちくなった入所者の皆さんが、就寝までのくつろぎタイムをそれぞれの方法で過ごしています。

テレビからは賑やかな笑い声が聞こえています。『踊る！ さんま御殿‼』なのでしょうか。明石家さんまさんのしゃっくりのような笑い声と一緒に、ヘッドギアーを付けた健司さんが歯の抜けた口を大きく開けて笑っています。その傍らで同じく大笑いしているのは、遅番で二十時三十分の退勤時間まであと一時間余りを残す山橋洋子さんです。

幹雄さんは趣味の折り紙を静かに折っています。祥が苦手としている裕子さんは、ソファーに座って職員の石田祐介さんから手渡されたお茶に口を付けています。

今日の夜勤は彼と木元夏美さんです。夜勤はいつも男女二名態勢です。

祥は？　と見ると、仲良しの紗都子さんの傍らでペグ挿しをして遊んでいます。手にしたチップをペグと呼ばれる棒に挿す遊びです。チップには赤、青、緑、黄色の四色があって、色ごとに同じペグに挿します。また、チップはおはじきとしてもままごと遊びにも使えます。ひとり遊びが苦手な祥が短い時間ならなんとか一人で楽しめる遊び道具の一つです。

入所の際に持ってきました。

その遊びに飽きて祥がぐりぐりを始めると、木元さんは机の上にわざとチップをばらまいて、そして言います。

「あっ、失敗！　こぼしちゃった！」

祥は、なぜか「失敗しちゃった！」という言葉が大好きです。自分のことを棚に上げて、「ドジだなあ！」と思うのでしょうか。

祥が笑うと、すかさず木元さんは言います。

「祥さん！　一緒に集めてください！」

祥は、「しょうがないなあ！」といった顔つきをしてチップを拾い集め始めます。

ひとり遊びに飽きさせないための木元さんの作戦に祥はまんまとハマっているのです。

この夜もそうでした。そして遊びは続きます。今度はどんな遊びでしょうか。

祥と一緒にチップを拾い集めながら木元さんが尋ねます。

「祥さん、今日のお昼ご飯はどこで食べたんですか」

胸をとんとんと叩きながら、祥が答えます。

〈レストランに行ったよ〉

「何を食べたんですか」

チュルチュルと唇を鳴らしながら、

〈スパゲッティを食べたよ！〉

「美味しかったですか」

「うん！（美味しかったよ）」

祥と木元さんのやり取りに飛び入り参加したのが新人の松下未知さんです。

「胸をとんとんと叩くのが、祥さんのレストランサインなんですか？」

「うん！（そうだよ）」と、祥が得意そうに答えます。

「じゃあ、コーヒーはどうやるの？」

祥は口元に手を持っていくサインで〈こうやるんだよ！〉と答えます。

木元さんが言います。

「祥さんはいっぱい手話サインを持ってらっしゃるんですよね！」

「松下にも教えてくださいよ～！」

「うん！（いいよ）」

五棟の新人、松下未知さんへの特別手話サイン講座の始まりです。

「いただきます！」は、手のひらを胸の前で合わせて、「あっ（いただきます）」と言います。

「ごちそうさま」も同じです。

「お化粧」は、両の頬をパフで叩くように打ちます。

「いい匂い」は、「う～ん！」です。逆に「臭い匂い」は、「アハッ！」と呟き込むような声を出して表現します。

「おしっこがしたい」は、下腹部をとんとんと叩きます。「うんちがしたい」は、「ヒエーッ」という声で知らせます。

「じゃあ、幸せサインは？」と木元さんが尋ねます。祥が両腕で自分を抱きしめるようにして軽く左右に揺らしながら、〈こうするんだよ〉と教えます。

「祥さんはね、もっとまぎらわしい、たとえば美容院と病院もサインで使い分けるのよ」と、木元さんが松下さんに話します。

「すごーい」と言って、松下さんが祥に尋ねます。

「美容院はどうやるんですか」

祥が手で髪の毛を掬《すく》うような仕草をして教えます。

「じゃあ、病院は？」

今度は、人差し指を立てて胸をとんとんと叩きます。

「すごいですね！」

パチパチパチと拍手をしながら、松下さんは祥の手話サインがベビーサインに似ているなと大学での保育の授業を思い出していました。

「祥さんのサイン、もっともっと教えてくださいね」

「うん！（いいよ）」

松下さんは祥の手話サインをいっぱい覚えて、もっと祥とお話が出来るようになればいいなと思いました。

気がつくと、入所者の皆さんが、一人、また一人とデイルームから姿を消して居室へと向かっています。

二十時。就寝準備が始まる時間です。

デイルームの灯が消える二十二時三十分までに、それぞれの寝支度をするのです。

いつもは宵っ張りの祥も、今日ばかりは早々と自分の部屋に引き上げることにしました。お昼ご飯を食べに外出したり、帰ってきた直後に作業活動があったりで疲れていたからです。

それに、祥にはベッドに入るまでに、まだまだしなければならないことがいっぱいあるのです。

「あー！（一緒にお部屋に行こうよ）」

夜勤の木元さんと手を繋ごうとしている祥に、木元さんが言いました。

「薬の準備をしてから行きますから、祥さん、お一人で行っててください」

「うーん！（いやだ。一緒に行きたい）」

「お一人で行けますよね」

「うん……（行けるけどさ）」

祥は渋々答えて、一人で部屋に向かいました。

目薬をさして、塗布薬を塗って。しかも塗布薬は二種類。自傷で傷ついた手首に塗る傷薬と乾燥肌用の薬です。それから入眠剤も飲みます。

それらの薬をケースに入れて木元さんが持ってきます。

食後の服薬時に見ていると、投薬の確認は必ず複数のスタッフでしています。

「祥さんの薬です。○○薬と△△薬です」

「はい、確認しました」

そんな具合です。

「祥さん、この薬はどこに塗るんですか」

木元さんが薬を示して尋ねています。木元さんだけではありません。誰もがそうします。

祥は、いきなり肌に触られるのが苦手です。ですから、「触りますよ」と事前に声かけをしているのです。そうしないと、びっくりして自傷に繋がることがあるからです。

お風呂でもそうです。「頭を洗いますね」などといちいち声かけをしてから介助に入ります。

ホント、めんどうな娘です。

今もそんな手順を踏んだのでしょう。木元さんが塗布薬を塗っていると、祥はご機嫌でパジャマを背中辺りまでたくし上げて協力しています。

「ありがとうございます！」と木元さん。

「うふふっ」と祥。

今度はズボンの裾も上げて、

「足もどうぞ！」をしています。

「優しいですね」と木元さん。

「ママ！（ママにもこうやって塗ってもらったよ！）」と祥。

二十時三十分です。就寝準備が一段落したところへ遅番で勤務をしていた山橋さんが退勤の挨拶に来てくれました。

「祥さん、山橋は帰りますね」

祥は、山橋さんの手を自分の頭に持っていって、〈いい子、いい子して！〉と甘えています。山橋さんが、頭をぐちゃぐちゃと撫でてくれました。祥は満足、満足です。でも、山橋さんの手をぎゅっと握って離そうとしません。

「祥さん、離してくださいよー！」

山橋さんが笑いながら言うと、祥も笑いながらやっと手を離して「バイバイ！」の投げキッスをします。

「祥さん、寝る前にもう一度トイレに行ってきてくださいね」

夜勤の木元さんが言いました。

「うーん！（ない）」

祥は素直ではありません。

「念のために、ね」

「うん！（いやだ）」

「じゃ、どうしようかなあ？」

「うん？」

どうしようかなあって、どういうこと？　祥の目がキラリと光りました。

「いいこと、あるんだけどなあ。やめちゃおうかなあ」

祥は、「いいこと」という言葉に負けて、渋々トイレに向かいました。

おしっこがたくさん出ました。

そして戻ってくると、木元さんが手にした紙をひらひらさせながら言いました。

「これ、お母さんからのお手紙ですよ。お母さんから預かって、お父さんが持ってきてくださったんです。読みますか？」

「うん！　うん！（読んで、読んで！）」

祥と並んでベッドに腰を下ろした木元さんが、ママの手紙を読んでくれました。

そこにはこんなことが書いてありました。

「さっちゃんへ

元気にしていますか？」

祥が、「うん！」と手紙に返事をしました。

いつもそうです。

木元さんが続きを読んでくれました。

「園での生活も八年目を迎えましたね。大きな病気もしないで毎日元気にしてくれていることがパパとママにとってなによりもうれしいです。

コンビニで買物をしたり、自販機で好きな飲物を買ったり。新しくできるようになったこともいっぱいありますね。

そうそう、コーヒーはブラックなんですってね。ママが知っている祥は牛乳しか飲めない祥です。びっくりです。

祥ちゃんは、ブラックコーヒー好きですか？」

「うん！」

祥が、また手紙に返事をしました。

「これからも園のお友だちやスタッフの皆さんと仲良くして楽しい毎日を送ってください。今日は一日中、パパと一緒にいられてよかったですね」

「う〜ん！」

祥がひときわ大きな声で三度目の返事をしました。

「パパに新しい手甲を持っていってもらいました。大事に使ってください。噛みついちゃダメですよ！　ママより」

木元さんがママの手紙を読み終えると、祥は彼女の首に抱きつきました。そして、言いました。

「ママ！（ママのテープが聞きたい）」

ママのテープをセットしてもらうと、

「もう部屋から出てっていいよ！」と言わんばかりに木元さんの身体を押してベッドに横になりました。

「おやすみなさい！」

木元さんが声をかけると、祥は鼻を鳴らすいびきの真似をして、〈おやすみなさい〉と答えました。木元さんが、「あっ、もう眠っちゃった！」と驚いたふりをすると、笑いながら「ママ！（ママに報告しといて！）」と言っています。

斯くして、今日のところは、祥の長い一日は終わりました。

「今日のところは」と書いたのは、いつもいつもこう簡単には眠らないということです。

『祥さんの生活記録』にはこんな記述がたくさんあります。

『「ママのテープを聞きたい」とのことでかけていますが、直ぐに居室から出てきています。デイルームと居室を数回行ったり来たりしており、寂しさがあるようだったのでしばらく居室で付き添ってお話を聞いています。週末だからか「ママに会いたい」と抱きついてこられています』（平成二十九年二月四日）

『遅番スタッフと共に居室に行き、ママのテープを聞きながら横になっていましたが、少しするとご自分でトイレに行き、スタッフを呼ぶことがありました。拭き取り後、再度居室に行かれています。しかし、三十分ほどで、またピンポン♪　スタッフに〈ギューして！〉の訴えがありました。明日のご飯のお話や好きなスタッフと歯磨きしたことなどを話してくださっています。話し終わると、満足したのか横になって、まもなく入眠しています。二十三時』（平成二十九年五月二十七日）

『女性スタッフに甘えたい様子が見られ、二十二時まで居室に入らず、〈ここにいる〉と職員室前に座り込んでいました。スタッフが大きな声を出している同室の美咲さんとやり取りをしていると、祥さんのスタッフへの関わり要求も高まっている印象で、静かにカバーを噛んでいます。

「祥さんのことも見てますよ」「祥さんのお話もちゃんと聞きますよ」と繰り返し伝え、ゆっくりとお話を伺っています。今日の出来事や、またママとパパと一緒にお寿司を食べに行きたいといった内容のお話をされていました。たっぷりハグをして、二十二時三十分、遅めの就寝』（平成三十年十二月十八日）

就寝後の祥の様子は、集音器やセンサーの音で、スタッフは職員室に居ながらにして知ることが出来ます。

集音器から大きな声やうなり声が聞こえたりすると、そのほとんどは単なる寝言だったりするのですが、夜勤のスタッフは祥の様子を見にやってきます。

とりわけ祥にはてんかん発作の病歴がありますので、しかもその発作は寝入りっぱなに多い傾向がありますので、就寝直後は二、三十分置きに見回ってくれます。

トイレの誘導にも二時間おきぐらいに訪れます。この夜の木元さんが書いた『祥さんの生活記録』には、次のような書き込みがありました。

『深夜、良眠されている。二十二時にトイレを済ませて床に入られたので、一回目のトイレ誘導は見送った。一時、トイレで排尿あり。本当は行きたくなかったそうで、不満げに繰り返したため息をついていた。しかし、〈シーツは濡れてないよね〉と確認あり。大丈夫ですよ、濡れていませんよと答えました。意識して起きてくださったようだった。朝まで起こさない約束をして、再入眠』（令和元年九月三十日）

デイルームに戻った木元さんは、祥への手紙に同封されていたもう一枚の便せんを開いて改めて目を通しました。

そこには、こんな言葉が綴られていました。

「五棟職員の皆さまへ

無事に入所生活八年目が迎えられたことに感謝しています。祥にとって、園はすっかり〝わたしのおうち〟になっています。「祥ちゃん、町田福祉園は誰のおうち?」と質問すると、すかさず人差し指を自分の鼻に当てて〈わたしのおうち〉と答えてくれます。

これからもずっと祥がそう答えてくれるような居心地の良い園でありますようにと祈っています」

祥の〝わたしのおうち〟町田福祉園の夜が更けていきます。

ゆっくりと眠って、そして目が覚めたら、また新しい祥の一日が始まります。

人は等しく

いとうみく（祥の姉・児童文学作家）

「さっちゃんに、施設入所の打診が来たんだけど」

八年前、たしかそんなことばで母から電話がかかってきました。

「どこ?」

「町田」

「練馬じゃなくて?」

町田というのは東京都町田市にある施設のことで、練馬というのは練馬区にある施設のことです。妹の祥はどちらの施設もショートステイやミドルステイでお世話になっていましたが、入所は父も母も、自宅から近い練馬の施設を希望していたのです。

「どう思う?」

母の問いに、間髪を入れず答えました。

「いいと思う。決めないと次いつになるかわからないよ」

施設入所の希望を出したのは、入所の打診がある二十年程前のことでした。そのとき母は、区の福祉課の担当者さんから「入所はご両親が七十歳を超えてからでしょうね」と言われたそうです。七十を超えるということはあと二十年近くかかる、ということで気の遠くなるような話に思えたと言っていました。

が、気付けば父も母も、ほぼほぼそれに近い年齢になっていました。これは待ちに待った話のはずで、なにをいまさら、ということだったのです。が、母曰く「急な話だから」。

……いやいや入所の打診ってそういうものでしょう。

わたしはびしっと返しました。

「結婚して家を出るのと同じことだよ」

自分で言って、ん？　と小首をかしげました。

やや違う。

結婚は本人が決めることだけど、施設入所を決めるのは祥本人ではなく父母だ。いやでも待てよ、昔は本人の意思ではなく、親が決めた相手に嫁ぐことだって珍しいことじゃなかったっていうし。あ、ほら、政略結婚とかもあったしね。

どうでもいいことをぐるぐる考えながらもう一度母に言いました。

「いいと思う」

「そうだよね」と、受話器の向こうから、安堵したような母の声が聞こえました。

母はわたしに相談という体で、ちょんと背中を押してもらいたかったのだと思います。

こういうとき、父はあてになりません。「祥がかわいそうじゃないか」「祥のことを一番に考えるべきだ」などということを、しれっと言ってみたりするのです。

これはかなりイラッときます。

話が前後しますが、わたしにはもう一人、二歳下の妹がいます。当時すでに妹にもわたしにも子どもがいましたから、子育ての大変さは痛感しています。夜泣きで睡眠不足になったり、癇癪を起こす子どもに辟易したり、外出の予定がある日に限って熱を出したり。

ともかく子育ては自分の思うようにも、予定通りにもいきません。体力、気力、忍耐力も必要です。世の中イクメンさんが増えているようですが、大半の夫というのは、はっきりいって使えない。育児や家事に限っては、究極の指示待ち状態です。

ごみ出しをした、お風呂を洗った、で大仕事を成し遂げたような気分になられてもねぇ。挙句に子どもが泣けば、「泣いてるよー」と呼びに来る。ってさ、おまえがあやせよ！

……失礼しました。つい興奮して。

話を戻します。

そんなわけでわたしと妹は、ばっちり母の味方です。子育てってすごく大変。もちろん楽しいこともいいこともありますけれど。

祥をみるというのは、二歳児の子育てをしているような感じです。それを三十年以上、七十歳近くなった年で続けることを想像していただくとわかりやすいかもしれません。

愛情うんぬんではなく、体力がもたないのです。

父も本心では入所を望んでいるはずです。だからこそ、ホント始末が悪いのですが。

施設入所については、わたしは最初から賛成でした。ただそれは、妹のためにというより、両親、とくに母にとってを考えてのことだったように思います。

祥が生まれたのは、わたしが小学二年生のときです。生後まもなく、妹にはなんらかの障がいがでると医者から言われたそうですが、そのあたりの細かな話は、当時は聞いていません。ただ、ミルクを飲ませても吐き戻してしまい、どんどんやせていく妹と、家の前の道ばたで近所のおばさんと立ち話をしている母が泣いている姿を目にしたとき、なにか大変なことが起きているのだと気づいていたように記憶しています。

母が泣くのを見たのは多分あの時が初めてで、わたしは気付かないふりをして、わざとはしゃいで友だちとあそんでいました。

祥は何度も入退院を繰り返しました。当然母も付き添いますから、家では父とわたしと二歳下の妹の三人での生活になります。

その頃から必然的に、祥は母、わたしたちお姉ちゃんは父の担当（入院中のみデス）になっていったようです。

ですから、祥は二十歳を過ぎても、三十歳を過ぎても、なんでも「ママ」。

寝るときも「ママ」。

薬を飲ませてもらうのも「ママ」。

歯磨きも「ママ」。

パパじゃダメ！　というルールが祥のなかで構築され、父は父で「なら、しょうがない」と、これ幸いとばかりにさっさとあきらめて母に託していたようです。

本書ではずいぶん格好良さげな父親ぶりを書いていましたが。うふふ。

ちなみに、祥が母以外に言うことを聞くのは、わたしとわたしの息子。理由はみくお姉ちゃんは怖いから（失礼な！）で、息子は祥のお気に入りの甥っ子ちゃんだからです。

入所後、祥の様子を父母から聞いたり、会いに行くと、祥はちゃんと自分の居場所をつくっているのだと感じます。

ここがわたしのいる場所。

ここで寝て起きて、ここから出かけてまたここへ戻ってくる。

いってらっしゃいと声をかけてくれる職員さん、祥さんおかえりなさいと迎えてくれる職員さん。

日々の暮らしのなかで、積み重ねの中で、いつの間にか祥にとって町田福祉園が、「わたしのおうち」になっていったのでしょう。

たくましいな。わが妹ながら思います。

入所から四年後の二〇一六年。衝撃的な事件が起こりました。相模原市の障がい者施設「津久井やまゆり園」で、入所者十九人が元職員に殺害されるという事件です。

犯行動機は、社会に貢献できない重度の障がいをもつ者は不要だ、とする考えです。その考えを犯人（現死刑囚）は、犯行時から一貫して変えていません。

事件当時、マスコミでも連日大きく取り上げられ、さまざまな人が口々に命の重さを語り、命は平等であることを語りました。そんなことばを聞いて、わたしもそうだそうだと力強く頷いていました。同時にこんな考えをもつ人間は異常者だと。

ですが、障がい者をお荷物と考える人はけっして少なくありません。学校でも障がいのある子どもは養護学校に行ってほしい、支援学級に行ってほしいという保護者や先生の声を聞きました。その理由は、みんなと同じことができないから。先生がその子にかかりきりになるから。わが子の学校生活の妨げになるから等々。

もちろんその人たちを犯人と同じだなどとは思いません。まったく違います。ただ、残念ながら障がいをもつ人を排除したいという気持ちを持つ人はいるということです。

事件から少し時間が経った頃、テレビでは〝活躍する障がい者〟をとりあげる番組がちらほら見られるようになりました。ハンディキャップを乗り越えてこんなに頑張っている、障がいがあってもこんな才能がある、イキイキと輝いている。

たしかにすごいし、勇気づけられる人もいると思います。でもわたしにはなにか違って感じました。

だって、障がい者は活躍しなければ生きる価値がないのでしょうか？　輝いて、才能がなければ不要なのでしょうか？

そもそも健常者でも活躍もせず、生産性もなく、才能など持ち合わせていない人は大勢います。わたしだって同じようなものです。

人は、多かれ少なかれ誰かを頼り、支えられ、守られて生きています。でも別の誰かは、守られているその人の存在に支えられ、助けられていることだってあるはずです。

人の価値は、簡単に見えるものでもわかるものでもないはずです。というより、社会的な価値なんてなくたっていいんじゃないでしょうか。

母は昔からよくこんなことを言います。

「さっちゃんがいると、パッと明るくなるの。周りの人を和ませる力があるんだと思う」

つまり、祥には人を癒す才能がある、と。

まあたしかに、祥が人懐こいのは認めます。見知らぬ人にも「あー」（こんにちは）とおじぎをしたり、手を伸ばして握手を求めたり、相手が応えてくれると、今度はその手を頭に持っていって、いい子いい子してと催促するような子ですから。

でもそれって親のよく目も……。いやでも、それでいいのかな。

人は生きる意味、生まれてきた意味を求めようとしがちです。もし、それを見つけることができたなら、安心できるからかもしれません。

けれど、与えられた命を全うする。それこそが生きる意味なのではないでしょうか。

そこに健常者や障がい者という線引きはありません。

人は等しく尊く、そしてだれもが幸せになる権利を持っている。そうわたしは思うのです。

心を支えるということ

阿部美樹雄（社会福祉法人みずき福祉会理事長、町田福祉園統括施設長）

伊藤祥さんが町田福祉園に入所して八年になります。

小柄な方なので怪我などの心配もしましたが、〝どこ吹く風〟で元気に過ごされています。

そして、毎日のように職員に連れられ事務所に顔を出します。

私や何人かの職員が側に寄ります。

「頭をなでて」

「手を握って」

「私と同じように机をたたいて」等々の指示がでます。

意に沿わなかったり、オーダーと違うことだったりすると、ぷいと顔を背けてしまいます。

なかなかにぎやかで、職員もこのやり取りを楽しんでいます。担当職員は更に細かなやり取り（会話）をしているようです。

私たちの支援の本質は関係性の中にあります。

人は人との関係の中で、安心し不安にもなります。障がいのある人の意思が表現しやすい環境があり、自己決定に至るプロセスそのものへの支援がされ、その人らしい自立した生活が継続的に送れるような社会システムの構築が必要です。

コミュニケーションを支援し意思決定を尊重するという営みは、障がいのある人と支援者が相互に影響しあい、響きあい、互いの存在を尊重し合う、まさに対等な関係性があって成り立つものです。

人を〝わかる〟ということとはどういうことなのか。〝わからない〟から〝知る〟までには知識が必要です。〝知る〟から〝わかる〟までには良質で良好な関係性が必要です。それを感じられる体験が必要です。

最初に、障がいのある人（以下対象者）が支援者を安心できる存在として受け入れてくれるところから始まります。当然のことながら目線が高く威嚇するような姿勢ではなく、対象者が不安をもつことなく、傍で一緒にいられるよう自らの在り方を対象者と同調させます。

そして、そこで起こってくる対象者の感覚・気持ちに肯定的に反応するようにしていくと（あたかも自らも同じ体験をしているように）、安心感が生まれ、信頼関係が生まれます。

最初は意識的に、徐々に意識しなくても小さなサインでもその意味することが分かるようになります。赤ちゃんの泣く意味が、オムツが濡れているのか、母乳を欲しているのかを母親が聞き分け理解していく過程と同じです。

相互作用です。このような〝心のキャッチボール〟が繰り返されているとき、人は人を「わかった」と感じます。安定的な関係性が持続するとより高い次元の言語や課題も理解できるようになり、「わかる、わかった」という体験を多くするようになります。主体的、意欲的な行動も見えてきます。質の高い複雑なこともわかりやすくなり受け入れることができるようになります。これは、支援者を通して、〝他者を肯定的に受け入れていく〟という人とかかわる基本を学ぶ過程です。

知的障がいのある人たちの中には、孤独に人間存在の不安と闘っている人たちも少なくありません。不安や恐怖に包まれ、合理的ではない何かに囚われている（心の自由を奪われている）とき、人は知性が働きません。安心に包まれ開かれているとき、人は他を受け入れることができ学ぶ力が育ち喜びを感じます。

良き支援者との関係の中で、〝人は信頼に足る存在〟であることを学びます。同時に、日常の中で起こるさまざまな問題を解決する能力（現実対処力）がついてきます。

知的に障がいのある人たちの多くは自己決定ができない人たちだと思われがちです。

しかし、思いをくみ取ってもらえない関係性の中で、この人たちの感情表出を許す緩やかな環境を作ってきたのでしょうか。

さまざまな表現に対してそれを支援し育んでいくような取り組みがあったのでしょうか。〝ちがう〟感じ方をその人の体となり心となりともに感じていくような取り組みをしてきたでしょうか。

そのような場の提供と時間を経て意思決定支援ということは語られるべきです。

わかりづらい自閉症の人や重度の障がいのある人たちの支援者は対象者の中で起こっていることに的確に反応していける〝心のやりとり〟のできる力が要求されます。〝わかりづらい〟と感じる人ほど、孤独で、不安を抱え、耐えているかもしれません。

支援者の在り方が試されているのかもしれません。生半可ではなく本物を求めています。本質的で、的確な関係性が継続的に保証されると喜怒哀楽が明確になったり、ニーズがクリアになり要求が出しやすくなったり、安心に包まれ大切にされているという実感を持つようになります。これは生きる力の根源です。

人生で人がもっとも幸せを感じるのは良き人間関係があるということです。

福祉の現場で、支援者の未熟さから利用されている人たちを孤独で無気力な状態にしてはなりません。「生きるのをあきらめて適応」している状態にしてはなりません。私たちに責任があります。

私たちは通常言葉によるコミュニケーションに慣れてしまっているので、言葉の情報のみに意識が向いています。

しかし、私たちは意識していなくても対象者から言葉以外の多くの情報を受け取っています。表情、目の動き、声の抑揚、ちょっとした動き、姿勢からなどさまざまな情報を一瞬のうちにキャッチし判断しています。身体という表現体は嘘をつけません。

知的障がいのある人たちに対して「通訳」という役割は単に外国語を訳するということとは違います。さまざまな情報を〝意味あるコミュニケーション〟としてつなぎ、さらに、支援者がわかりやすいように表現し、その反応を確認しながら、本人の本当の〝思い（ベストインタレスト）〟に到達する過程の繰り返しにほかならないのです。

伊藤暢彦（いとうのぶひこ）
1941年愛知県生まれ。中央大学法学部法律学科卒業後、出版社、広告代理店勤務を経てフリーランサーとなる。1975年、広告・雑誌編集制作代理会社北辰社を設立。教育系出版社を中心に雑誌の企画・編集・取材・執筆活動を展開するかたわら、各種企業のPR誌・社内報・販促誌制作に携わる。1968年結婚。1970年長女未来、1971年二女亜美、1977年三女祥誕生。著書に『ただいま奇跡のまっさいちゅう――ある障害児と家族の18年6か月』（小学館）がある。東京都新宿区在住。

JASRAC 出2007617-001.

わたしのおうち――チャレンジドと支援《しえん》スタッフの物語《ものがたり》

2020年10月15日　初　版

著　者　伊　藤　暢　彦
発行者　田　所　稔

郵便番号　151-0051　東京都渋谷区千駄ヶ谷4-25-6
発行所　株式会社　新日本出版社
電話　03（3423）8402（営業）
03（3423）9323（編集）
info@shinnihon-net.co.jp
www.shinnihon-net.co.jp
振替番号　00130-0-13681
印刷　光陽メディア　　製本　小泉製本

落丁・乱丁がありましたらおとりかえいたします。

ISBN978-4-406-06503-0 C0036　Printed in Japan